Potter's Enthüllungen

Unnützes Wissen für wahre Potter-Fans - Magische Fakten & gut gehütete Geheimnisse aus der Welt des berühmten Zauberers | Inoffizielle Sammlung | Geschenk für Mädchen & Jungen

MARKUS SILBERSTEIN

ISBN: 9798863762838

Inhaltsverzeichnis

Vorwort

Liebes junges Zaubererherz,

wenn Du dieses Buch in den Händen hältst, bist Du wahrscheinlich genauso fasziniert von der magischen Welt von Harry Potter wie ich. Vielleicht hast Du die Bücher schon mehrmals gelesen, die Filme gesehen und kannst jedes Zitat mitsprechen. Oder vielleicht bist Du gerade erst auf diese wunderbare Welt gestoßen und möchtest mehr darüber erfahren. Egal, wo Du gerade stehst, dieses Buch wird Dich tiefer in die Geheimnisse von Hogwarts und darüber hinaus führen.

Hast Du Dich jemals gefragt, warum der Fahrende Ritter so ruckartig durch die Gegend fährt? Oder warum Peeves, der Poltergeist, so gerne Chaos anrichtet? Es gibt so viele kleine Details in der Welt von Harry Potter, die leicht übersehen werden können, aber sie sind es, die diese Welt so besonders und lebendig machen.

In „Unnützes Wissen für begeisterte Potter-Fans" haben wir uns auf die Suche nach diesen kleinen, oft übersehenen Details gemacht. Wir haben in den hintersten Ecken von Hogwarts gesucht, in den Tiefen des Verbotenen Waldes und sogar in den dunklen Gassen des Nokturngassens. Und was wir gefunden haben, wird Dich überraschen, erfreuen und manchmal vielleicht sogar ein wenig erschrecken.

Aber warum „unnützes" Wissen? Nun, man könnte argumentieren, dass Wissen niemals wirklich unnütz ist. Jedes kleine Detail, jede kleine Geschichte fügt sich zu einem größeren Bild zusammen. Und je mehr Du über die Welt von Harry Potter weißt, desto mehr wirst Du sie schätzen und lieben. Es ist, als würdest Du durch ein magisches Teleskop schauen und immer mehr Sterne am Himmel entdecken, je genauer Du hinsiehst.

Vielleicht fragst Du Dich, wie dieses Buch entstanden ist. Es war ein langer Prozess, der viele Stunden in der Hogwarts-Bibliothek, Gespräche mit magischen Kreaturen und sogar einige Abenteuer beinhaltete. Es gab Zeiten, in denen ich dachte, ich hätte alles über die Zaubererwelt herausgefunden, nur um dann auf ein weiteres Geheimnis zu stoßen, das darauf wartete, entdeckt zu werden. Während dieser Reise habe ich auch viel über mich selbst gelernt. Über die Bedeutung von Freundschaft, Mut und die Kraft der Fantasie. Ich hoffe, dass dieses Buch auch Dich inspirieren wird, tiefer zu graben, Fragen zu stellen und nie aufzuhören, neugierig zu sein.

Bevor Du anfängst, durch die Seiten dieses Buches zu blättern, möchte ich Dir noch etwas mit auf den Weg geben. Die Welt von Harry Potter ist nicht nur ein Ort der Magie und des Abenteuers. Es ist auch ein Ort, an dem wir lernen können, was es bedeutet, menschlich zu sein. Es lehrt uns über Liebe, Verlust, Mut und die Bedeutung von Familie und Freundschaft. Es zeigt uns, dass es in Ordnung ist, anders zu sein, und dass jeder von uns das Potenzial hat, Großes zu tun.

Also, lieber junger Zauberer oder junge Hexe, mach Dich bereit für eine Reise voller Entdeckungen. Tauche ein in die Geheimnisse, die in diesem Buch verborgen sind, und lass Deine Fantasie fliegen. Und wer weiß, vielleicht wirst Du am Ende dieses Buches feststellen, dass das „unnütze" Wissen gar nicht so unnütz ist.

Bis hierhin wünsche ich Dir viel Spaß beim Lesen und Entdecken. Und denk daran: Die Magie liegt in den Details.

1.
Die Geheimnisse von Hogwarts

Die Geschichte der Gründer

1 Magische Persönlichkeiten bildeten die Gründer von Hogwarts: Godric Gryffindor, Salazar Slytherin, Rowena Ravenclaw und Helga Hufflepuff. Sie waren im 10. Jahrhundert die mächtigsten Zauberer und Hexen ihrer Zeit und formten gemeinsam das wohl bekannteste Zauberschulinternat aller Zeiten.

2 Im Herzen Schottlands liegt die prächtige Schule, Hogwarts. Sorgfältig wählten die Gründer diesen Ort aus, um ihre Schule zu errichten und den Ort mit starker Magie zu schützen.

3 Es ist bekannt, dass die vier Gründer von Hogwarts nicht nur Kollegen waren, sie waren auch eng befreundet. Ihre Freundschaft war so stark, dass sie zusammen die berühmteste Schule der Zaubererwelt gründeten.

4 Jeder der vier Gründer von Hogwarts prägte ein Haus mit seinem eigenen eingebildeten Wappen und Farben. Gryffindor wählte einen Löwen und die Farben Gold und Scharlachrot, Slytherin einen Schlange und Grün und Silber, Ravenclaw einen Adler und Blau und Silber, und Hufflepuff einen Dachs und Gelb und Schwarz.

5 Ein faszinierender Fakt über Salazar Slytherin ist, dass er die Fähigkeit besaß, Parsel zu sprechen - eine seltene Gabe, die auch Harry Potter hatte. Diese Sprache ermöglichte es ihm, mit Schlangen zu kommunizieren.

6 Wusstet ihr schon, dass Helga Hufflepuff für ihre hervorragenden Fähigkeiten in der Hauswirtschaft und der Kräuterkunde bekannt war? Sie war es, die die Schulküche von Hogwarts einrichtete, die von Hauselfen betrieben wird.

7 Godric Gryffindor, berühmt für seinen Mut und seine Stärke, hinterließ der Schule sein Schwert. Das Besondere an diesem Schwert ist, dass es nur einem wahren Gryffindor erscheint, wenn es am meisten gebraucht wird.

8 Rowena Ravenclaw war eine der klügsten Hexen ihrer Zeit. Sie entwarf die sich ständig verändernden Etagen und Treppen von Hogwarts, um die Schüler zum kritischen Denken anzuregen.

9 Die Gründer von Hogwarts waren verantwortlich für die Auswahl der Schüler ihrer jeweiligen Häuser. Sie taten dies durch den Sprechenden Hut, der einst Godric Gryffindors Hut war und mit der Intelligenz der Gründer verzaubert wurde.

10 Salazar Slytherin und Godric Gryffindor hatten eine tiefe Meinungsverschiedenheit darüber, wer in Hogwarts aufgenommen werden sollte. Slytherin war der Meinung, dass nur reinblütige Zauberer und Hexen aufgenommen werden sollten, während Gryffindor der Meinung war, dass jedes Kind, das magische Fähigkeiten zeigte, aufgenommen werden sollte.

11 Diese Meinungsverschiedenheit führte dazu, dass Salazar Slytherin Hogwarts verließ und die Kammer des Schreckens schuf, die nur von seinem wahren Erben geöffnet werden konnte.

12 Trotz ihrer Unterschiede arbeiteten die vier Gründer zusammen, um Hogwarts zu einer Schule zu machen, die Generationen von Zauberern und Hexen ausbildet und inspiriert. Ihre Vermächtnisse leben in ihren jeweiligen Häusern und in der gesamten Schule fort.

13 Während ihrer Zeit in Hogwarts pflegten die Gründer enge Beziehungen zu ihren Schülern. Diese Beziehungen sind im Sprechenden Hut verewigt, der ihre Persönlichkeiten und Präferenzen enthält.

14 Ein eindrucksvoller Fakt ist, dass die Gründer von Hogwarts überlegene Talente und Fähigkeiten besaßen, die sie an ihre Schüler weitergaben. So hatte jeder Gründer einen einzigartigen Beitrag zur Zauberei und zur Hogwarts-Schule geleistet.

15 Die Geschichte von Hogwarts und seiner Gründer ist voller Mysterien und Magie. Viele dieser Geheimnisse sind tief in den Wänden der Schule verborgen, bereit, von neugierigen Schülern entdeckt zu werden.

Die Geister von Hogwarts

1 Jedes Haus in Hogwarts hat einen eigenen Hausgeist. Diese Geister waren einst lebende Menschen und nach ihrem Tod kehrten sie zur Schule zurück. Der bekannteste dieser Geister ist zweifellos der Fast Kopflose Nick, der Hausgeist von Gryffindor.

2 In den tiefen Gewölben von Hogwarts spukt der Geist der Moaning Myrtle. Sie war einst eine Schülerin der Schule, die durch eine Begegnung mit dem Basilisken in den Mädchen-Toiletten ihr Leben verlor. Seitdem verbringt sie ihre Zeit damit, in den Kloschüsseln zu schwimmen und sich zu beklagen.

3 Der Blutige Baron ist der Hausgeist von Slytherin und hat eine besonders düstere Vergangenheit. Er war einst ein Schüler von Hogwarts und tötete Helena Ravenclaw, bevor er aus Schuldgefühlen Selbstmord beging. Seine blutige Geschichte spiegelt sich in seinem gruseligen Aussehen wider.

4 Das Graue Damen ist der Hausgeist von Ravenclaw und ist eigentlich Helena Ravenclaw, die Tochter von Rowena Ravenclaw, einer der vier Schulgründer. Sie stahl einst das Diadem ihrer Mutter und floh, was zu einem tragischen Ende führte.

5 Fast Kopflose Nick erhielt seinen Namen aufgrund der Art und Weise, wie er starb. Er wurde enthauptet, aber der Henker benötigte mehrere Schläge, um seinen Kopf vollständig abzutrennen. Daher hängt sein Kopf immer noch am Hals, nur durch einen dünnen Streifen Haut verbunden.

6 Der Fetten Mönch ist der fröhliche Hausgeist von Hufflepuff. Obwohl er in den Büchern nicht so viel Aufmerksamkeit erhält, ist er bekannt dafür, immer ein Glas Wein bei sich zu haben und für seine Vorliebe für Feste.

7 Peeves, der Poltergeist, ist zwar kein Geist im eigentlichen Sinne, gehört aber zu den übernatürlichen Bewohnern von Hogwarts. Er liebt es, Chaos und Unruhe zu stiften und ist für viele der Streiche verantwortlich, die in der Schule passieren.

8 Geister können keine festen Gegenstände berühren. In der Zaubererwelt heißt es, dass sie durch alles hindurchgleiten können. Die einzige Ausnahme scheint der kopflose Hunt zu sein, der bei den jährlichen Gespensterpartys in Hogwarts eine Kette schwingt.

9 Die Geister von Hogwarts können nur innerhalb des Schlosses existieren und können das Gelände nicht verlassen. Sie sind an den Ort ihres Todes gebunden, was erklärt, warum Myrtle Moaning in den Toiletten festsitzt.

10 Obwohl Geister in der Zaubererwelt als harmlos angesehen werden, haben sie doch eine gewisse Macht. Sie können sich unsichtbar machen, durch Wände gehen und sogar die Luft kalt werden lassen.

11 Die Geister von Hogwarts sind nicht nur für ihre Schreckensgeschichten bekannt, sondern auch für ihre Fähigkeit, Wissen und Weisheit zu vermitteln. Sie sind oft Ratgeber für Schüler und Lehrer und spielen eine wichtige Rolle in der Gemeinschaft der Schule.

12 Die Entscheidung, ein Geist zu werden, ist eine bewusste Wahl, die ein Zauberer oder eine Hexe nach dem Tod trifft. Dies erklärt, warum es nicht unzählige Geister in der Zauberwelt gibt, da viele die Reise ins Jenseits vorziehen.

13 Jeder Geist hat einen Jahrestag, an dem das Ereignis ihres Todes gefeiert wird. Fast Kopflose Nick zum Beispiel feiert sein 500. Todesjahr mit einer spektakulären Party in der Großen Halle, zu der sogar der kopflose Hunt eingeladen ist.

14 Hogwarts ist nicht die einzige magische Schule, die Geister beherbergt. Beauxbatons und Durmstrang, zwei andere magische Schulen in Europa, haben ebenfalls eine Reihe von Geistern, obwohl sie in den Büchern nicht detailliert beschrieben werden.

15 Obwohl Geister in der magischen Welt weit verbreitet sind, sind sie für Muggel nicht sichtbar. Nur Zauberer und Hexen können sie sehen und mit ihnen interagieren, was zu der weit verbreiteten Muggel-Idee von „spukenden" Orten führt.

Die Kunst der magischen Porträts

1 Hast du dich jemals gefragt, wer die zauberhaften Porträts in Hogwarts malt? Es war eigentlich kein Geringerer als der berühmte Magier-Maler Antoine Delacour. Er hatte die einzigartige Fähigkeit, die Porträts so zu malen, dass sie lebendig wurden und sich im Bild bewegen konnten!

2 In den labyrinthischen Fluren von Hogwarts hängen hunderte von Porträts. Aber wusstest du, dass einige von ihnen tatsächlich miteinander kommunizieren und Geheimnisse austauschen können? Sie können auch von einem Bilderrahmen zum anderen wandern, was sie zu perfekten Informationsübermittlern macht.

3 Die Porträts in Hogwarts sind nicht nur Dekoration. Sie spielen eine wichtige Rolle in der Sicherheit der Schule. Einige von ihnen dienen als Wächter von Geheimgängen und versteckten Räumen. Sie lassen nur diejenigen passieren, die das richtige Passwort kennen.

4 Einige der bekanntesten Porträts in Hogwarts sind die ehemaligen Schulleiter. Diese Porträts sind besonders klug und können den aktuellen Schulleiter beraten. Sie haben das Wissen und die Erinnerungen der echten Person, die sie darstellen.

5 Der Fat Lady, das Porträt, das den Eingang zum Gryffindor-Gemeinschaftsraum bewacht, ist eigentlich ein Porträt einer echten Zauberin. Ihr richtiger Name ist unbekannt, aber sie war bekannt für ihre Liebe zu gutem Essen und ihrer lebhaften Persönlichkeit.

6 Es gibt eine Art von Porträt, die „sprechende Köpfe" genannt wird. Diese Porträts stellen berühmte Hexen und Zauberer dar. Sie können den Schülern Lektionen erteilen und ihre Weisheit teilen.

7 Der Prozess der Erstellung eines magischen Porträts ist kompliziert. Es erfordert viele Schichten von magischer Farbe und die Verwendung von speziellen Zauberstäben. Der Künstler muss zudem eine enge Beziehung zu der Person haben, die er malt.

8 Es gibt Porträts in Hogwarts, die sehr alt sind. Einige von ihnen stammen aus der Zeit, als die Schule gegründet wurde. Sie können Geschichten erzählen, die Hunderte von Jahren zurückreichen.

9 Ein magisches Porträt kann nicht sterben. Selbst wenn das Original stirbt, lebt das Porträt weiter und behält alle Erinnerungen und Persönlichkeiten der gemalten Person bei.

10 Das größte Porträt in Hogwarts ist das des Gründers Godric Gryffindor. Es ist so groß, dass es die gesamte Wand des Gryffindor-Gemeinschaftsraums bedeckt.

11 Einige Porträts in Hogwarts sind eigentlich versteckte Türen. Sie führen zu geheimen Räumen und Gängen, die nur wenige kennen.

12 Porträts können auch als Spione eingesetzt werden. Sie können Berichte über das Geschehen in ihren Umgebungen liefern, was sie zu wertvollen Informationsquellen macht.

13 Der Künstler, der die Porträts für Hogwarts malt, muss einen speziellen Eid ablegen. Er schwört, die Geheimnisse, die er durch die Porträts erfährt, nie preiszugeben.

14 Einige der Porträts in Hogwarts sind sehr stur und weigern sich, mit bestimmten Personen zu sprechen. Sie haben ihre eigenen Vorlieben und Abneigungen und können sehr eigensinnig sein.

15 Es gibt auch Porträts von magischen Kreaturen in Hogwarts. Sie sind genauso lebendig und können genauso sprechen wie die Porträts von Menschen.

2.
Magische Wesen & ihre Eigenheiten

Drachenarten und ihre Merkmale

1 Der Ungarische Hornschwanz ist vielleicht der gefährlichste aller Drachen. Sein Name stammt von den bronzenen Hörnern auf seinem Kopf und seiner Schwanzspitze. Das Feuer, das er speit, kann über fünfzig Fuß weit reichen!

2 In den nebligen Hochländern von Schottland kann man den Schottischen Heidekrautdrachen finden. Er ist kleiner als viele andere Arten, aber seine brillanten violetten Augen sind unverwechselbar. Es wird gesagt, dass er besonders anfällig für Musik ist und sich bei den Klängen von Dudelsäcken beruhigt.

3 Die Chinesische Feuerball-Drachenart beeindruckt durch ihre auffällige rote und goldene Farbe. Sie ist bekannt dafür, dass sie bei Gefahr funkelnde Feuerbälle ausspuckt, die ihr eine Verteidigung bieten, während sie gleichzeitig ihre Angreifer blendet.

4 Erstaunlicherweise kann der Peruanische Vipernzahn, der als der giftigste Drache gilt, sein Gift über mehrere Meter versprühen. Sein spektakulärer silberblauer Körper und seine langen, scharfen Zähne machen ihn zu einer beeindruckenden Erscheinung.

5 Auf der kalten Insel Norwegen beheimatet, ist der Norwegische Stachelbuckel bekannt für seine stachligen Auswüchse und sein furchteinflößendes Aussehen. Trotz seiner bedrohlichen Erscheinung ist er jedoch eher scheu und zieht es vor, in der Einsamkeit der eisigen Berggipfel zu leben.

6 Der Schwedische Kurznasendrache hat seinen Namen von seiner ungewöhnlichen kurzen Schnauze. Er ist bekannt für sein helles, fast leuchtendes Blau und seine Fähigkeit, einen sehr heißen und dünnen Feuerstrahl zu speien.

7 In den tiefen Wäldern von Rumänien lebt der Rumänische Langhorn-Drache. Er ist benannt nach seinen zwei langen, geschwungenen Hörnern und seiner Vorliebe für Gebiete mit dichtem Wald.

8 Der Walisische Grünling ist vielleicht der freundlichste aller Drachen. Mit seinem grasgrünen Körper und den roten Augen ist er schwer zu übersehen. Trotz seiner Größe ist er bekannt dafür, eher friedlich zu sein und sich hauptsächlich von Schafen zu ernähren.

9 Der Katalanische Feuerball, heimisch in den warmen Gebieten Spaniens, ist bekannt für seine hellen, bunten Schuppen und sein feuriges Temperament. Er speit nicht nur Feuer, sondern kann auch einen lauten Knall erzeugen, der Angreifer abschreckt.

10 Der Antipodische Opaldrache aus Australien ist wahrscheinlich der schönste aller Drachen. Sein Körper schimmert in allen Farben des Regenbogens, ähnlich dem Edelstein, nach dem er benannt ist. Er ist bekannt dafür, dass er besonders anfällig für Zauber ist und oft von Zauberern als Wächter für wertvolle Schätze verwendet wird.

11 Der ukrainische Eisenbauch ist der größte Drache der Welt. Sein massiver, eisenfarbener Körper und seine riesigen, scharfen Zähne machen ihn zu einer beeindruckenden Erscheinung. Trotz seiner enormen Größe kann er erstaunlich hohe Geschwindigkeiten erreichen, wenn er fliegt.

12 Der Himalaya-Schuppenrücken lebt in den schwindelerregenden Höhen des Himalaya-Gebirges. Seine glänzenden silbernen Schuppen reflektieren das Sonnenlicht und machen ihn fast unsichtbar gegen den schneebedeckten Hintergrund. Er ist bekannt für seine Fähigkeit, extrem kalten Temperaturen zu widerstehen.

13 Der Neuseeländische Weißrücken ist ein kleinerer Drache mit einer ungewöhnlichen weißen Farbe. Er ist bekannt für seine Fähigkeit, in den nebligen Wäldern Neuseelands unsichtbar zu werden, wo er sich hauptsächlich von Vögeln ernährt.

14 Der Antarktische Frostzahn ist der einzige Drache, der in der Antarktis lebt. Mit seinem eisblauen Körper und seinen frostigen Atem kann er problemlos in den eisigen Bedingungen überleben. Er ist bekannt dafür, dass er sich in Schneestürmen versteckt und seine Beute mit blitzschnellen Angriffen überrascht.

15 Der Afrikanische Löwenschwanz ist ein seltener Drache, der in den Savannen Afrikas lebt. Mit seiner leuchtend orangefarbenen Farbe und seinem schwanzähnlichen Anhang, der an einen Löwenschwanz erinnert, ist er eine beeindruckende Erscheinung. Er ist bekannt für seine Fähigkeit, sich in der glühenden Hitze der Savanne zu tarnen.

Die Welt der Hauselfen

1 In der zauberhaften Welt von Harry Potter sind Hauselfen kleine magische Wesen, die in den Diensten von Hexen und Zauberern stehen. Sie sind etwa einen Meter groß, haben große Fledermausohren und übergroße Augen, die ihnen einen besonderen, unverwechselbaren Look verleihen.

2 Unbekannt für viele ist, dass Hauselfen eine unglaublich starke Magie besitzen, die sogar Zauberstäbe überflüssig macht. Sie können Gegenstände herbeizaubern, sich unsichtbar machen und sogar innerhalb von Schutzbereichen, wie es bei Hogwarts der Fall ist, auftauchen.

3 Hauselfen sind an das Haus gebunden, in dem sie dienen, und können es nur mit der Erlaubnis ihrer Herrschaft verlassen. Dieses Treuegelübde lässt sich nur durch die Übergabe eines Kleidungsstücks aufheben, was bei Dobby, einem der bekanntesten Hauselfen, geschieht.

4 Wusstest du, dass Hauselfen eine eigene Sprache haben? Ja, sie sprechen Englisch, aber ihre Grammatik ist oft falsch und sie beziehen sich meist in der dritten Person auf sich selbst.

5 Im Gegensatz zu Hexen und Zauberern haben Hauselfen keine Angst vor Wasser. Sie kümmern sich oft um die Wäsche ihrer Herrschaft und können sogar unter Wasser atmen, wie es Winky, ein weiterer bekannter Hauself, tut.

6 Ein ungewöhnlicher Fakt ist, dass Hauselfen ihren eigenen Tod vorhersehen können. Dies wird in der Zaubererwelt als ein Zeichen ihrer tiefen magischen Verbindung zur Erde gesehen.

7 Hauselfen sind für ihre Loyalität bekannt und verraten ihre Herren nie, es sei denn, sie werden freigelassen. Selbst dann bleiben viele von ihnen bei ihren Herren, da sie sich ohne sie verloren fühlen.

8 Ein trauriges Detail ist, dass Hauselfen, die keine Arbeit haben, oft in tiefe Depressionen fallen. Sie sind so sehr an ihre Pflichten gewöhnt, dass sie sich nutzlos und unerwünscht fühlen, wenn sie nicht dienen können.

9 Interessanterweise haben Hauselfen ein langes Leben. Sie können mehrere Jahrhunderte alt werden, was in der Zaubererwelt als Zeichen ihrer starken Magie betrachtet wird.

10 Hauselfen ernähren sich hauptsächlich von den Resten ihrer Herrschaft. Sie essen gerne Pilze, Beeren und verschiedene Arten von Wurzeln.

11 Wenn Hauselfen Fehler machen oder sich in irgendeiner Weise unangemessen verhalten, bestrafen sie sich selbst auf harte Weise. Dieses Verhalten ist ein Zeichen ihrer tief verwurzelten Unterwürfigkeit und Loyalität.

12 Es gibt eine Organisation namens SPEW (Society for the Promotion of Elfish Welfare), die von Hermine Granger gegründet wurde, um für die Rechte der Hauselfen zu kämpfen. Es ist jedoch ein wenig bekannter Fakt, dass sie nur zwei Mitglieder hatte: Hermine und Ron.

13 Das letzte Faktum zeigt, dass Hauselfen in der Welt der Zauberer oft übersehen und unterschätzt werden. Doch trotz ihrer kleinen Größe und demütigen Natur sind sie mächtige Kreaturen, von denen wir alle viel lernen können.

Magische Wasserkreaturen

1 Versteckt in den tiefen Gewässern des schwarzen Sees in Hogwarts leben „merpeople“, auch bekannt als Meerjungfrauen und Meermänner. Sie haben eine eigene, ausgeklügelte Sprache namens Mermish, die unter Wasser für menschliche Ohren wie ein unverständliches Gurgeln klingt.

2 Die Grindylows, grünliche Wasserdämonen, sind bekannt für ihre langen, dünnen Arme und Finger, die sie nutzen, um ahnungslose Schwimmer zu ertränken. Aber keine Sorge, sie sind leicht abzuschütteln, wenn man mutig genug ist!

3 Kappas sind japanische Wasserdämonen, die wie kleine kindliche Figuren mit Schalen auf ihren Köpfen aussehen. Sie können leicht überlistet werden, indem man sie dazu bringt, sich zu verbeugen, wodurch das Wasser aus ihrer Schale fließt und sie ihre Kräfte verlieren.

4 Der Seeungeheuer von Loch Ness, auch bekannt als Nessie, ist eine der bekanntesten magischen Wasserkreaturen. Obwohl sie oft in der Muggelwelt gesichtet wird, bleibt sie für die meisten ein Rätsel.

5 Selkies sind magische Wesen, die in den Gewässern Schottlands leben. Sie können ihre Gestalt von Robben in Menschen verwandeln und sind bekannt für ihre wunderschönen Gesänge.

6 Wusstest du, dass es in der Zaubererwelt auch magische Fische gibt? Der Riesen-Tintenfisch, der in Hogwarts' Schwarzem See lebt, ist ein gutes Beispiel dafür. Es wird gesagt, dass er eine freundlichere Seite hat und manchmal sogar Schüler rettet, die in Not sind.

7 Der Ramora ist ein magischer Fisch, der Glück bringt. Er ist so mächtig, dass er sogar ganze Schiffe aufhalten kann. Im Zaubererrecht ist es verboten, einen Ramora zu fangen, da dies als ein Zeichen von Gier gesehen wird.

8 Die Plimpy, eine kleine Wasserkreatur mit langen, wackelnden Beinen und einem Kugelkörper, mag harmlos aussehen, aber sie kann eine echte Plage für Zauberer sein, die im Wasser nach Schätzen suchen.

9 Hippocampus ist ein magisches Geschöpf, das halb Pferd, halb Fisch ist. Sie werden oft von Meerjungfrauen und Meermännern als Transportmittel genutzt.

10 Wasserspeier sind magische Geschöpfe, die Steinfiguren ähneln und Wasser aus ihrem Mund spucken. Obwohl sie oft als Dekoration verwendet werden, sind sie tatsächlich lebendige Wesen und können sich bewegen, wenn sie es wünschen.

11 In den dunklen Gewässern der Nordsee lebt der Selma, ein schlangenähnliches Meeresungeheuer, das nur beruhigt werden kann, indem man es mit Poesie besänftigt.

12 Der Ashwinder ist eine Schlange, die aus einem magischen Feuer entsteht, das nicht gelöscht wurde. Sie legt Eier im Wasser, die explodieren können, wenn sie nicht rechtzeitig gekühlt werden.

13 Der Knarl ist ein Wassergeschöpf, das oft mit dem Stachelschwein verwechselt wird. Wenn du ihm Essen anbietest, wird er denken, dass du ihm eine Falle stellst und deinen Garten zerstören.

14 Die Tebo ist ein magisches Hippopotamus, das unsichtbar werden kann und in den Flüssen Afrikas lebt.

15 Der Zouwu ist eine gigantische Wasserkreatur aus der chinesischen Mythologie, die das Aussehen eines monströsen Kätzchens hat und mächtig genug ist, um Berge zu bewegen und Flüsse zu kontrollieren.

Fabelwesen im Verbotenen Wald

1 Orientiert an einer geheimen Karte der magischen Welt, ist der Verbotene Wald die Heimat von Kreaturen wie Zentauren und Einhörnern. Diese Wesen sind bekannt für ihre Weisheit und Reinheit und leben in friedlicher Koexistenz miteinander.

2 Nimm dir die Zeit, den Fluffy in Betracht zu ziehen, einen dreiköpfigen Hund, der von Hagrid, dem Geländewärter von Hogwarts, im Verbotenen Wald gehalten wird. Obwohl er furchterregend aussieht, ist er eigentlich ganz sanft - solange man ihn mit Musik beruhigt!

3 Im inneren Teil des verbotenen Waldes leben die Acromantulas, eine Spezies von Riesenspinnen. Ihr bekanntestes Mitglied, Aragog, begründete die Kolonie und lebte dort viele Jahre lang mit seiner Familie.

4 Viele Potterheads wissen nicht, dass Bowtruckles als Wächter von Bäumen betrachtet werden, die hochwertiges Zauberstabholz produzieren. Diese kleinen, stacheligen Wesen sind sehr schüchtern und schwer zu entdecken.

5 In den dunklen Ecken des verbotenen Waldes verstecken sich Thestrale, unsichtbare Kreaturen, die nur von denen gesehen werden können, die den Tod erlebt haben. Sie ziehen die Kutschen, die Hogwarts-Schüler vom Bahnhof zur Schule bringen.

6 Versteckt in den Baumkronen des verbotenen Waldes findet man Hippogreife, majestätische Wesen, halb Adler, halb Pferd. Buckbeak ist ein bekannter Hippogreif, der eine besondere Beziehung zu Hagrid und Harry Potter hat.

7 Wusstest du, dass der verbotene Wald nicht nur Heimat von Wesen auf dem Boden ist? Sirenen leben in einem verborgenen See tief im Wald. Sie sind wunderschöne, aber auch gefährliche Kreaturen, bekannt für ihre hypnotisierende Musik.

8 Zentauren, halb Mensch, halb Pferd, sind für ihre Weisheit und ihr Wissen um die Sterne bekannt. Sie leben in einer Siedlung im Verbotenen Wald und sind weise Berater für diejenigen, die ihren Rat suchen.

9 Eine weitere überraschende Tatsache ist, dass Schrake im Verbotenen Wald leben, Fabelwesen, die von Zauberern und Hexen als Unkrautvernichter gezüchtet werden. Sie sind bekannt für ihre Fähigkeit, die Pflanzen, die sie berühren, welken zu lassen.

10 Es gibt Gerüchte, dass sogar ein Werwolf namens Fenrir Greyback im Verbotenen Wald lebt. Er ist bekannt für seine Grausamkeit und seine Vorliebe für menschliches Fleisch.

11 Seltener bekannt sind die Knuddelmuffs, flauschige Kreaturen, die gerne in dunklen Höhlen und Tunneln leben. Hagrid hat mindestens einmal versucht, sie zu züchten, obwohl sie als Schädlinge gelten.

12 Nicht zu vergessen sind die Ghule, die in den finsteren Ecken des verbotenen Waldes lauern. Sie sind harmlos, aber laut und stören oft den Frieden mit ihrem Gejammer und Gekreische.

13 Der letzte auf dieser Liste, aber sicherlich nicht der unwichtigste, ist der Basilisk, eine riesige Schlange, die in der Kammer des Schreckens lebt, die sich tief unter Hogwarts befindet, aber Zugang zum Verbotenen Wald hat. Sie ist bekannt für ihren tödlichen Blick und ihre unglaubliche Größe.

3.
Zaubertränke & ihre Wirkungen

Die dunkle Kunst der Liebestränke

1 In der geheimnisvollen Welt der Liebestränke gibt es eine Zutat, die häufiger vorkommt als jede andere: Perlenstaub. Dieser magische Staub wird aus Meerjungfrauenperlen gewonnen und verleiht dem Trank seine charakteristische schimmernde Farbe.

2 Liebestränke gehören zu den mächtigsten Elixieren, die in der Zauberwelt existieren. Dennoch sind sie in der Zauberergemeinschaft umstritten, da sie die Fähigkeit haben, den freien Willen einer Person zu beeinflussen.

3 Es mag überraschen, aber Liebestränke können auch bei magischen Kreaturen funktionieren. Es ist zwar selten, aber es gibt Berichte von Hauselfen, die sich nach dem Trinken eines Liebestrankes in ihre Meister verliebt haben.

4 Liebestränke sind nicht nur in der Zauberwelt ein Phänomen. Auch Muggel kennen sie als Aphrodisiaka, allerdings sind diese Versionen weniger wirksam und nicht magisch.

5 Jeder Liebestrank hat eine einzigartige Farbe und einen einzigartigen Geruch, der sich an die Vorlieben der Person anpasst, für die er bestimmt ist. Das ist einer der Gründe, warum sie so schwer zu identifizieren sind.

6 Während der Herstellung eines Liebestrankes darf nicht gesprochen werden. Jedes Wort kann die magischen Eigenschaften des Trankes verändern und seine Wirkung beeinträchtigen.

7 Der stärkste bekannte Liebestrank ist Amortentia. Es wird gesagt, dass er die stärksten Gefühle der Liebe hervorruft, aber er kann auch zu gefährlichen Obsessionen führen.

8 Bemerkenswert ist, dass Liebestränke ihre Wirkung verlieren, wenn sie zu lange stehen. Sie müssen frisch zubereitet und innerhalb weniger Stunden nach der Herstellung getrunken werden.

9 Einige Zauberer und Hexen haben versucht, Liebestränke zu verwenden, um sich selbst zu lieben. Dies hat jedoch nie funktioniert und führt oft zu einem Zustand extremer Selbstverliebtheit.

10 Es gibt einen Gegenzauber für Liebestränke. Dieser Zauber ist jedoch komplex und erfordert eine hohe Konzentration und Präzision.

11 Die Herstellung von Liebestränken ist ein schwieriges Unterfangen. Es erfordert genaue Kenntnisse der magischen Zutaten und eine präzise Kontrolle über die Zauberkraft.

12 Nicht jeder Liebestrank erzeugt echte Liebe. Einige erzeugen nur eine Illusion, eine tief empfundene Bewunderung oder Ehrfurcht, die leicht mit Liebe verwechselt werden kann.

13 Es ist wichtig zu wissen, dass die Verwendung von Liebestränken gegen den Willen einer anderen Person in der Zaubererwelt streng verboten ist. Es gilt als eine Verletzung des Internationalen Statuts des Geheimhaltens der Magie und kann zu schweren Strafen führen.

14 Überraschenderweise wurde festgestellt, dass einige Liebestränke heilende Eigenschaften haben. Sie können verwendet werden, um gebrochene Herzen zu heilen oder das Selbstwertgefühl zu stärken.

15 Zuletzt sollte man wissen, dass Liebestränke nicht nur Liebe erzeugen können. Wenn sie falsch gebraut werden, können sie stattdessen Hass, Eifersucht oder sogar Wahnsinn verursachen. Daher sollten sie nur von erfahrenen Zauberern und Hexen hergestellt werden.

Heiltränke und ihre Zutaten

1 Ein zentraler Bestandteil des Zaubertranks „Skele-Gro" ist, glaubt es oder nicht, Knochenstaub. Dieser wird verwendet, um gebrochene Knochen wieder nachwachsen zu lassen, wie wir es im Fall von Harry gesehen haben, als Gilderoy Lockhart seine Knochen versehentlich entfernt hat.

2 Der Liebestrank „Amortentia“ riecht für jeden Zauberer oder Hexe anders, je nachdem, was er oder sie am meisten liebt. Zum Beispiel riecht es für Harry nach frisch geschnittenem Gras, Pergament und... dem Haar von Ginny Weasley!

3 Der „Felix Felicis“, auch bekannt als „flüssiges Glück“, ist ein Trank, der dem Trinker unvorstellbarem Glück und Erfolg verleiht. Aber Vorsicht, der Missbrauch dieses Tranks kann zu gefährlicher Überheblichkeit und riskantem Verhalten führen.

4 Das „Elixier des Lebens“, das durch den Stein der Weisen hergestellt wird, hat eine Hauptzutat, die ein gut gehütetes Geheimnis bleibt. Es wird jedoch angenommen, dass es unter anderem Einhornblut enthält, das als ein sehr mächtiger und heiliger Bestandteil gilt.

5 Der Trank „Polyjuice“ ermöglicht es dem Trinker, das Aussehen einer anderen Person anzunehmen. Er enthält unter anderem das Haar der Person, in die man sich verwandeln möchte, und Fluxweed, eine Pflanze, die nur bei Vollmond geerntet werden kann.

6 Der Trank „Veritaserum“ ist der stärkste Wahrheitstrank in der magischen Welt. Seine Hauptzutaten sind unter anderem Jobberknoll-Federn, die das Gedächtnis einer Person verbessern, um zu verhindern, dass sie lügen.

7 In der Zaubererwelt gibt es einen Trank namens „Draught of Peace“, der dazu dient, Angst und Unruhe zu lindern. Seine Hauptzutaten sind Mondsamen und Sirup aus Honigwasser.

8 Armer Puffapod ist eine magische Pflanze, die in vielen Heiltränken verwendet wird. Interessanterweise explodieren die Samen dieser Pflanze bei Berührung und produzieren wunderschöne, duftende Blumen.

9 Der Trank „Draught of Living Death" bringt den Trinker in einen tiefen, todesähnlichen Schlaf. Eine seiner Schlüsselzutaten ist das „Wormwood", eine Pflanzenart, die auch in der Herstellung von Absinth verwendet wird.

10 Ein „Wiggenweld-Trank" kann einen Zauberer oder eine Hexe aus jedem Zustand, sogar dem Tod, zurückbringen. Seine Zutaten sind geheim, aber wir wissen, dass er Wiggentree-Rinde und Moly enthält, eine Pflanze, die vor dunkler Magie schützt.

11 „Pepperup-Trank" ist ein beliebter Heiltrank für Erkältungen und Grippe. Er enthält unter anderem Pfeffer, daher sein Name, und hat die Nebenwirkung, Dampf aus den Ohren des Trinkers auszustoßen!

12 Zum Schluss gibt es einen Trank namens „Herbivicus", der Pflanzen schneller wachsen lässt. Er enthält unter anderem Feuerkraut, eine Pflanze, die, wie der Name schon sagt, feuerresistent ist.

Verbotene Tränke

1 Die geheimnisvolle Welt der verbotenen Tränke ist voller Überraschungen. Ein faszinierendes Beispiel ist der Liebestrank ‚Amortentia', der zwar nicht explizit verboten ist, aber seine Nutzung streng reguliert, da er die Freiheit einer Person massiv einschränken kann. In der falschen Hand kann dieser Trank gefährlich sein, da er eine obsessive und zwanghafte Liebe erzeugt.

2 Ein weiterer verbotener Trank ist der Vielsafttrank. Er ermöglicht es dem Trinker, das Aussehen einer anderen Person anzunehmen, was zu vielen unehrlichen und schädlichen Handlungen führen kann.

3 Kennst du den Todestrank? Dieser ist einer der mächtigsten und gefährlichsten verbotenen Tränke. Er tötet augenblicklich und ohne Schmerzen, was ihn bei dunklen Zauberern sehr beliebt macht.

4 Ein weiterer interessanter Fakt ist, dass die meisten verbotenen Tränke sehr kompliziert zu brauen sind und eine Menge seltener und teurer Zutaten benötigen. Dies ist einer der Gründe, warum sie nicht häufiger missbraucht werden.

5 Manche verbotene Tränke erfordern sogar das Blut oder die Körperteile von magischen Kreaturen. Zum Beispiel benötigt der Trank ‚Draught of Living Death' das Blut eines Einhorns.

6 Überraschend ist, dass einige Zaubertränke, die heute verboten sind, in der Vergangenheit ganz legal waren. Erst als ihre gefährlichen Nebenwirkungen bekannt wurden, hat das Ministerium für Magie ihre Verwendung eingeschränkt.

7 Es gibt sogar verbotene Tränke, die Unsterblichkeit verleihen können, wie der Elixier des Lebens. Dieser Trank kann nur mit Hilfe des Stein der Weisen gebraut werden, der von Nicolas Flamel erschaffen wurde.

8 Die Herstellung von verbotenen Tränken ist mit strengen Strafen verbunden. Wer erwischt wird, kann mit einer langen Haftstrafe in Askaban rechnen.

9 Einige Zauberer und Hexen lernen trotz der Risiken, verbotene Tränke zu brauen, um sich selbst zu schützen oder andere zu schaden. Darunter war auch Severus Snape, der als Hogwarts-Schüler den gefährlichen Trank ‚Sectumsempra' kreierte.

10 Ein weniger bekannter, aber ebenso gefährlicher Trank ist der Wahnsinnstrank. Er treibt den Trinker in den Wahnsinn und lässt ihn Halluzinationen und Albträume erleben.

11 Einige verbotene Tränke können nicht nur negative, sondern auch positive Effekte haben. Beispielsweise kann der Vielsafttrank zur Spionage gegen dunkle Zauberer eingesetzt werden, wie es Harry und seine Freunde mehrmals getan haben.

12 Nicht alle verbotenen Tränke sind dunkle Künste. Manche sind einfach zu gefährlich oder zu mächtig, um von normalen Zauberern gebraut zu werden. Ein Beispiel dafür ist der Trank ‚Felix Felicis', auch bekannt als ‚flüssiges Glück'.

13 Interessanterweise existieren auch verbotene Gegenmittel. Ein Beispiel ist das Gegenmittel für den Trank ‚Imperius', dessen Verwendung ebenso streng geregelt ist wie der Trank selbst.

14 Und last but not least, der Trank ‚Veritaserum', ein mächtiges Wahrheitsserum. Obwohl seine Verwendung stark eingeschränkt ist, hat es das Potential, die Wahrheit aus jedem herauszuholen, was es zu einer mächtigen Waffe in den falschen Händen macht.

15 Schlussendlich ist es wichtig zu bedenken, dass Tränke, auch wenn sie verboten sind, ein wichtiger Teil der magischen Welt sind. Sie zeigen, dass Magie sowohl zum Guten als auch zum Schlechten genutzt werden kann und dass es letztendlich auf die Absichten des Zauberers ankommt.

Die Geheimnisse des Felix Felicis

1 Felix Felicis, auch bekannt als „flüssiges Glück", ist ein Trank, der den Trinker glücklich und erfolgreich in allem macht, was er oder sie unternimmt. Es ist ein komplexer Zaubertrank, der das Talent und die Genauigkeit des Brauers erfordert, um perfekt zu sein.

2 Wusstet ihr schon, dass die Zubereitung von Felix Felicis sechs Monate dauert? Genau, es ist kein einfacher Trank, den man einfach so zusammenmischen kann. Es benötigt Zeit, Geduld und Genauigkeit, um diesen mächtigen Trank zu brauen.

3 Obwohl Felix Felicis sehr hilfreich sein kann, warnt Hogwarts-Professor Horace Slughorn seine Schüler davor, es übermäßig zu verwenden. Der übermäßige Gebrauch kann zu riskanter Überheblichkeit und Recklosigkeit führen.

4 Es ist interessant zu wissen, dass Felix Felicis illegal in organisierten Wettbewerben wie Quidditch-Spielen ist. Grund dafür ist, dass es den Trinkern einen unfairen Vorteil gegenüber den anderen Spielern geben würde.

5 Wer hätte gedacht, dass Felix Felicis ein goldfarbener Trank ist, der wie flüssiges Sonnenlicht aussieht? Es ist nicht nur sein Glück bringender Effekt, der fasziniert, sondern auch sein glänzendes Aussehen.

6 Während Felix Felicis eine wundervolle Wirkung hat, ist es wichtig zu wissen, dass es bei falscher Zubereitung gefährlich sein kann. In extremen Fällen kann es sogar zum Tod führen!

7 Ein bemerkenswerter Fakt ist, dass Felix Felicis in „Harry Potter und der Halbblutprinz" zum ersten Mal erwähnt wird. Harry gewinnt eine Flasche dieses Tranks in Professor Slughorns erster Zaubertrank-Stunde.

8 Obwohl es wie eine gute Idee erscheint, Felix Felicis zu trinken, bevor man eine wichtige Prüfung ablegt, sollte man wissen, dass es bei den ZAGs und UTZs an der Hogwarts-Schule strengstens verboten ist!

9 Der Geschmack von Felix Felicis ist etwas, das viele Potterheads fasziniert. Es wird beschrieben, dass es süß wie Honig und prickelnd wie Sekt schmeckt.

10 Ein weiteres erstaunliches Detail: Felix Felicis kann nur in geringen Mengen genommen werden. Eine Überdosis kann zu unangenehmen Nebenwirkungen wie Schwindel, Rücksichtslosigkeit oder sogar zu einer gefährlichen Überzeugung führen, dass man fliegen kann!

11 Es ist kein Geheimnis mehr, dass Felix Felicis ein sehr mächtiger Trank ist. Aber wusstet ihr, dass es sogar mächtig genug ist, um Lord Voldemort zu besiegen? Harry nutzt es, um Informationen zu sammeln, die letztlich zur Zerstörung von Voldemorts Horkruxen führen.

12 Obwohl Felix Felicis in der Zaubererwelt weit verbreitet ist, ist es aufgrund seiner Komplexität und der Zeit, die für seine Zubereitung benötigt wird, sehr selten und kostbar.

13 Nicht zuletzt ist es bemerkenswert, dass Felix Felicis die Fähigkeit hat, den Trinker für einen bestimmten Zeitraum unbesiegbar zu machen. Es ist jedoch unklar, wie lange diese Wirkung anhält, da es von der Menge des getrunkenen Tranks abhängt.

4.
Die dunklen Zauberer

Berühmte dunkle Zauberer

1 Ganz oben auf der Liste der berüchtigtsten dunklen Zauberer steht natürlich Lord Voldemort, geboren als Tom Marvolo Riddle. Aber wusstet ihr, dass er tatsächlich ein Halbblut ist? Seine Mutter war eine Hexe, aber sein Vater war ein Muggel. Das macht ihn nicht weniger gefährlich, aber es ist eine Ironie, da er Muggel und Muggelgeborene verachtet.

2 Die Zwillinge Alecto und Amycus Carrow, beide treue Anhänger von Lord Voldemort, waren dunkle Zauberer, die als Lehrer an der Hogwarts-Schule für Hexerei und Zauberei dienten. Sie lehrten die dunklen Künste und bestraften die Schüler auf brutale Weise, was Hogwarts in ein Schreckenshaus verwandelte.

3 Gellert Grindelwald, ein berüchtigter dunkler Zauberer des 20. Jahrhunderts, war in seiner Jugend eng mit Albus Dumbledore befreundet. Er war besessen von den Heiligtümern des Todes und strebte danach, sie zu sammeln, um Unsterblichkeit und absolute Macht zu erlangen.

4 Bellatrix Lestrange, eine der engsten Vertrauten Lord Voldemorts, war nicht nur eine dunkle Hexe, sondern auch eine Gefangene von Askaban. Sie entkam jedoch während des Massenausbruchs im Jahr 1996 und setzte ihre dunklen Taten fort.

5 Wusstet ihr, dass der dunkle Zauberer Fenrir Greyback kein Vollblut-Werwolf war? Er wurde nicht durch den Biss eines Werwolfs verwandelt, sondern hat sich selbst dazu gemacht, indem er sich in jede Schlacht stürzte, in der ein Werwolf beteiligt war.

6 Einer der bewundernswertesten dunklen Zauberer ist Barty Crouch Jr., der einen unglaublich komplexen Trank herstellte, um sich als Mad-Eye Moody auszugeben. Er konnte sogar Dumbledores magischen Spürsinn täuschen!

7 Draco Malfoy, obwohl er in der Schule von vielen gefürchtet wurde, war eigentlich ein eher unsicherer dunkler Zauberer. Er war gezwungen, Lord Voldemort zu dienen, aber tief im Inneren war er nicht wirklich böse.

8 Die dunkle Hexe Delphini, die im Theaterstück „Harry Potter und das verwunschene Kind“ vorgestellt wurde, ist tatsächlich die Tochter von Lord Voldemort und Bellatrix Lestrange. Sie ist die einzige bekannte direkte Nachfahrin von Salazar Slytherin und der Gaunt-Familie.

9 Der dunkle Zauberer Antonin Dolohov war bekannt für seinen Fluch, der als Dolohovs Fluch bekannt ist. Dieser Fluch ist so mächtig, dass er durch Protego-Zauberschilde brechen kann.

10 Peter Pettigrew, auch bekannt als Wurmschwanz, war einst ein enger Freund von James Potter, Sirius Black und Remus Lupin. Aber seine Angst und Feigheit führten dazu, dass er sich Lord Voldemort anschloss und zum dunklen Zauberer wurde.

11 Der dunkle Zauberer Corban Yaxley diente als wichtiges Mitglied des Ministeriums für Magie unter Voldemorts Regime. Er benutzte den Imperius-Fluch, um Pius Thicknesse, den Minister für Magie, zu kontrollieren.

12 Lucius Malfoy, der Vater von Draco Malfoy, war nicht nur ein reicher und einflussreicher Zauberer, sondern auch ein Anhänger von Lord Voldemort. Obwohl er versuchte, seine dunklen Taten zu verbergen, konnte er seine wahren Absichten nicht vor Harry Potter verbergen.

13 Der dunkle Zauberer Morfin Gaunt, der Onkel von Voldemort, war bekannt für seine grausame Behandlung von Muggeln. Er wurde schließlich im Azkaban eingesperrt, nachdem er die gesamte Riddle-Familie, Voldemorts Muggelverwandte, verflucht hatte.

14 Walden Macnair, ein treuer Anhänger von Lord Voldemort, arbeitete als Henker für das Ministerium für Magie. Er war dafür bekannt, seine Arbeit zu genießen, besonders wenn es darum ging, magische Wesen zu töten.

15 Die dunkle Hexe Narcissa Malfoy, obwohl sie nie ein offizielles Mitglied von Voldemorts Todessern war, unterstützte ihren Ehemann und Sohn in ihren dunklen Taten. Aber ihre Liebe zu ihrem Sohn Draco führte dazu, dass sie Harry Potter in Voldemorts vermeintlicher Todesstunde belog, eine Tat, die letztendlich zum Fall von Voldemort beitrug.

Die Geschichte der Heiligtümer des Todes

1 In den alten Geschichten der Zaubererwelt gibt es einen mystischen Kontext um die Heiligtümer des Todes. Sie wurden ursprünglich in der Märchenfabel „Die Märchen von Beedle dem Barden“ erwähnt. Diese Geschichte handelt von drei Brüdern, die auf der Flucht vor dem Tod jeweils ein magisches Geschenk erhalten.

2 Es ist bemerkenswert, dass die Heiligtümer des Todes aus drei Artefakten bestehen: dem Elderstab, dem Stein der Auferstehung und dem Tarnumhang. Jedes dieser Artefakte hat seine einzigartige Eigenschaft und Bedeutung in der Geschichte.

3 Der Elderstab, der mächtigste Zauberstab der Welt, ist bekannt dafür, dass er nur dem wahren Herrscher gehorcht. Aber Vorsicht, denn seine Macht kann auch zur Zerstörung führen, besonders wenn sie in den falschen Händen landet.

4 Der Stein der Auferstehung hingegen hat die Fähigkeit, Tote zum Leben zu erwecken. Aber die Legende warnt uns, dass die Wiederbelebung nicht so ist, wie wir es uns vorstellen. Die Toten gehören in die andere Welt und können nicht wirklich in die Welt der Lebenden zurückkehren.

5 Der Tarnumhang dient dazu, seinen Träger unsichtbar zu machen. Es ist das einzige der drei Heiligtümer, das Harry Potter von Geburt an gehörte, da es von Generation zu Generation in seiner Familie weitergegeben wurde.

6 Der Ursprung der Heiligtümer ist umstritten. Während einige glauben, dass sie vom Tod selbst geschaffen wurden, wie in den Märchen von Beedle dem Barden, glauben andere, dass sie von begabten Zauberern geschaffen wurden.

7 Das Symbol der Heiligtümer des Todes - ein Kreis in einem Dreieck mit einer Linie in der Mitte - ist ein Zeichen der Anerkennung unter den Suchenden dieser Artefakte. Es wurde oft missverstanden und führte zu vielen Missverständnissen, wie in dem Fall von Xenophilius Lovegood.

8 Es ist bemerkenswert, dass Albus Dumbledore eine Zeit lang alle drei Heiligtümer in seinem Besitz hatte, obwohl er sie nie gleichzeitig besaß. Er hatte den Elderstab, benutzte den Stein der Auferstehung und gab den Tarnumhang an Harry weiter.

9 Der wahre Meister des Todes, so die Legende, ist nicht der, der die Heiligtümer kontrolliert, sondern der, der sie mit Respekt behandelt und ihre Macht nicht missbraucht. Harry Potter war der lebende Beweis dafür.

10 J.K. Rowling hat einmal gesagt, dass die Heiligtümer des Todes die Vorstellung von Tod und Unsterblichkeit repräsentieren. Der Elderstab symbolisiert Macht und Eroberung, der Stein der Auferstehung steht für Verlust und Trauer und der Tarnumhang steht für Akzeptanz und Harmonie.

11 Interessanterweise war es nicht Harry, sondern sein Freund Neville Longbottom, der den Elderstab zerbrach. In den Büchern gibt Harry den Elderstab an Dumbledore zurück, aber im Film zerbricht Neville ihn, was ein kleiner, aber bedeutender Unterschied ist.

12 Der Stein der Auferstehung bleibt, nachdem Harry ihn im Verbotenen Wald fallen lässt, für immer verloren. Dies ist eine wichtige Lektion über das Loslassen und das Akzeptieren des Unvermeidlichen.

13 Zum Schluss sollte erwähnt werden, dass die Heiligtümer des Todes eine wichtige Rolle in der magischen Geschichte spielen. Sie sind mehr als nur mächtige Artefakte, sie sind Symbole für Leben, Tod und das, was dazwischen liegt.

Verfluchte Gegenstände

1 Möglicherweise überrascht es einige, dass der Ersteller des ersten bekannten Horkruxes ein Zauberer namens Herpo der Foul war, nicht Lord Voldemort. Herpo der Foul war ein dunkler Zauberer aus dem antiken Griechenland und bekannt für seine schrecklichen Experimente.

2 In der Zaubererwelt sind verfluchte Halsketten nicht ungewöhnlich. Die Halskette, die Katie Bell in „Harry Potter und der Halbblutprinz“ berührte, war mit einem mächtigen Fluch belegt, der den Träger töten sollte.

3 Der Hand des Ruhms, die in „Der Kammer des Schreckens“ im Laden von Borgin und Burkes zu sehen ist, gehört zu den gefährlichen verfluchten Gegenständen. Sie gibt Licht nur für die Person, die sie hält, und kann Türen öffnen, die sonst verschlossen sind.

4 Die Schreckensschaukel in Weasleys Zauberhafte Zauberscherze ist ein interessanter verfluchter Gegenstand. Sie wirft jeden ab, der versucht, auf ihr zu sitzen und ist ein beliebtes Produkt in Fred und Georges Laden.

5 Der verschwundene Schrumpfkopf im Fahrenden Ritter ist ein weiterer verfluchter Gegenstand. Obwohl er im Film eher humorvoll dargestellt wird, ist er in Wirklichkeit ein unheilvolles Artefakt, das unangenehme Folgen für diejenigen haben kann, die ihm zu nahe kommen.

6 Zum Erstaunen vieler war der Spiegel Nerhegeb, der in „Harry Potter und der Stein der Weisen“ vorkommt, ursprünglich verflucht. Es wird gesagt, dass jeder, der zu lange hineinsieht, nie wieder in der Lage sein wird, von seinen Träumen und Wünschen loszulassen.

7 Die Schwarze Familie besaß eine Reihe von verfluchten Gegenständen. Eines davon war ein Musikbox, die, wenn sie geöffnet wurde, den Zuhörer in einen tiefen, unnatürlichen Schlaf versetzte.

8 Die berüchtigte Vanishing Cabinet in Hogwarts ist ein weiterer verfluchter Gegenstand. Es wurde ursprünglich in „Harry Potter und der Halbblutprinz“ eingeführt und kann den Benutzer an einen unbekannten Ort teleportieren.

9 Die berühmteste verfluchte Kette in der Zaubererwelt ist die Opalkette, die Draco Malfoy dazu benutzte, Versuche zu unternehmen, Dumbledore zu töten. Sie enthielt einen Fluch, der den Träger langsam umbringen sollte.

10 Einer der gefährlichsten verfluchten Gegenstände ist das Tagebuch von Tom Riddle. In „Harry Potter und die Kammer des Schreckens" benutzt Riddle es, um die Kammer des Schreckens zu öffnen und die Kontrolle über Ginny Weasley zu übernehmen.

11 Das Schwert von Gryffindor, obwohl es viele Male in der Serie als nützlich erwähnt wird, hat eine verfluchte Seite. Es kann nur von einem würdigen Gryffindor-Mitglied gehoben werden und wird denen Schaden zufügen, die es unwürdig handhaben.

12 In der magischen Welt gibt es sogar verfluchtes Essen! Die Schokofrösche von Honigtopf können zu einer echten Plage werden, wenn sie nicht schnell genug gegessen werden. Sie springen davon und verursachen Chaos.

13 Salazar Slytherin's Medaillon ist ein weiterer bekannter Horkrux, der einen Teil von Voldemorts Seele beherbergte. Es verflucht jeden, der es trägt, indem es ihre Gedanken und Gefühle manipuliert.

14 Der Diadem von Rowena Ravenclaw ist ein weiterer Horkrux, der einst von Helena Ravenclaw gestohlen wurde. Es wurde von Voldemort verflucht und konnte den Träger in den Wahnsinn treiben.

15 Nagini, Voldemorts treue Schlange und lebender Horkrux, ist ein gefährlicher verfluchter Gegenstand und kann mit ihrem Biss töten.

Die Kunst des Legilimens und Okklumentik

1 Die Fähigkeiten der Legilimentik und Okklumentik, wie sie in den Harry Potter-Büchern dargestellt werden, sind tiefgehend verwurzelt in der Geschichte der Zauberei. Legilimentik ist die Kunst und Fähigkeit, in den Geist eines anderen zu blicken und seine Gedanken, Gefühle und Erinnerungen zu lesen. Okklumentik hingegen ist die Abwehrtechnik gegen Legilimentik, die es ermöglicht, den eigenen Geist vor Eindringlingen zu verschließen.

2 Magische Wesen wie Thestrale sind angeblich immun gegen Legilimentik. Ihre Gedanken und Gefühle können nicht gelesen werden, was sie zu besonders faszinierenden Geschöpfen der Zaubererwelt macht.

3 Severus Snape, der Hauslehrer der Slytherins und späterer Schulleiter von Hogwarts, war ein Meister in beiden Techniken. Er lehrte Harry Potter die Okklumentik, um ihn vor den Eingriffen von Lord Voldemort zu schützen.

4 Bei der Durchführung der Legilimentik erscheinen die Erinnerungen des Ziels oft als Traumbilder, was es schwieriger macht, sie zu interpretieren. Viele Zauberer und Hexen müssen daher erst lernen, diese Bilder richtig zu deuten.

5 Die Okklumentik wird oft mit der Herstellung eines Gedankenschildes verglichen. Der Anwender muss lernen, seinen Geist zu leeren und an nichts zu denken, um erfolgreich einen Angriff der Legilimentik abzuwehren.

6 Nicht jeder Zauberer oder jede Hexe kann Legilimentik oder Okklumentik erlernen. Diese Fähigkeiten erfordern eine große Menge an Disziplin, Kontrolle und Konzentration, die nur wenige besitzen.

7 Während Legilimentik als dunkle Kunst angesehen wird, ist Okklumentik neutral. Es hängt jedoch von der Person ab, wie sie diese Techniken einsetzt.

8 Es ist möglich, ohne Zauberstab Legilimentik und Okklumentik anzuwenden. Lord Voldemort und Professor Dumbledore sind bekannte Beispiele dafür. Sie sind so mächtig, dass sie keinen Zauberstab benötigen, um in die Gedanken anderer einzudringen oder ihren eigenen Geist zu schützen.

9 Auch wenn die Okklumentik eine defensive Technik ist, kann sie auch offensiv eingesetzt werden. Ein erfahrener Okklument kann die Gedanken eines Legilimenten manipulieren und falsche Informationen senden.

10 Die Legilimentik ist eng mit der Fähigkeit des Parsel verbunden. Voldemort, der Parsel sprechen kann, nutzt diese Fähigkeit, um in die Gedanken von Schlangen einzudringen. Dies deutet darauf hin, dass die Legilimentik nicht nur auf Menschen beschränkt ist.

11 Es ist bekannt, dass die Verwendung von Veritaserum, dem Wahrheitstrank, die Durchführung der Legilimentik erleichtern kann, da der Betroffene weniger fähig ist, seine Gedanken zu verbergen.

12 Berichte über Missbrauch von Legilimentik in der Zauberwelt haben zu strengen Gesetzen über deren Einsatz geführt. Unbefugtes Eindringen in den Geist eines anderen ist ein schweres Verbrechen in der Zauberwelt.

13 Obwohl es nur wenige bekannte Okklumenten gibt, ist es wahrscheinlich, dass viele Zauberer und Hexen diese Fähigkeit besitzen, sie aber geheim halten. Es ist schließlich eine nützliche Fähigkeit, um seine Gedanken und Geheimnisse zu schützen.

14 In der Schlacht von Hogwarts nutzte Harry Potter seine Fähigkeit, in Voldemorts Gedanken einzudringen, um dessen Pläne zu durchkreuzen. Dies zeigt, dass Legilimentik und Okklumentik auch für das Gute eingesetzt werden können.

15 Während das Erlernen von Legilimentik und Okklumentik schwierig ist, haben diese Fähigkeiten dennoch einen großen Einfluss auf die Zauberwelt und sind ein wichtiger Teil der magischen Ausbildung bei Hogwarts.

5.
Quidditch & magische Sportarten

Die Geschichte des Quidditch

1 Ein Blick in die Vergangenheit offenbart, dass Quidditch, das rasante Spiel auf dem Besen, seinen Ursprung in dem mittelalterlichen Spiel „Stichstock" hat. Spieler versuchten damals, einen Korken von einem Baumstamm zu stoßen, während sie auf Besenstielen balancierten. Erst im Laufe der Zeit entwickelte es sich zum spannenden Mannschaftssport, den wir heute kennen und lieben.

2 Überraschenderweise war Quidditch anfangs nicht als Wettkampfspiel gedacht, sondern diente als Training für junge Zauberer und Hexen, um ihre Flugfertigkeiten auf dem Besen zu verbessern.

3 Quidditch-Felder sind oval und haben die Maße von 150 Metern Länge und 55 Metern Breite. Eine Besonderheit ist, dass das Spielfeld nicht flach auf dem Boden liegt, sondern in der Luft schwebt.

4 Ursprünglich bestand ein Quidditch-Team aus sieben Spielern: Drei Jäger, zwei Treiber, ein Hüter und ein Sucher. Heute sind die Positionen gleich geblieben, jedoch hat sich die Ausrüstung stark verändert. Insbesondere die Besen, die von einfachen Reisigbesen zu speziell für das Spiel entwickelten Sportbesen wurden.

5 Ein spannender Fakt ist, dass die erste Quidditch-Weltmeisterschaft im Jahr 1473 stattfand. Dabei traten die Teams aus Flandern und Transsilvanien gegeneinander an, wobei sich das flämische Team durchsetzte.

6 Für eine lange Zeit durfte der Schnatz nicht außerhalb des Spielfeldes gejagt werden. Diese Regel wurde jedoch im Jahr 1883 abgeschafft, nachdem ein Spiel über sechs Monate andauerte, weil der Schnatz sich in einem Maulwurfshügel versteckt hatte.

7 Interessanterweise wird Quidditch nicht nur von Menschen gespielt. Es gibt Berichte über Hauselfen, die in ihrer Freizeit Quidditch spielen, allerdings mit einem Korken statt einem Quaffel.

8 Quidditch ist nicht nur in Großbritannien beliebt, sondern hat Anhänger in der ganzen magischen Welt. Es wird vermutet, dass es in fast jedem Land der Welt mindestens eine Profi-Quidditch-Mannschaft gibt.

9 Die Quidditch-Regeln wurden im 18. Jahrhundert standardisiert, nachdem ein besonders brutales Spiel stattfand, bei dem mehrere Spieler schwer verletzt wurden. Seitdem ist es verboten, den Bludger direkt auf einen Spieler zu schlagen.

10 Obwohl es viele verschiedene Besen gibt, ist der Nimbus 2000 der beliebteste Besen bei Quidditch-Spielern. Er wurde erstmals 1991 hergestellt und gilt als der schnellste Besen seiner Zeit.

11 Jedes Jahr findet das Quidditch-Turnier der vier Häuser in Hogwarts statt. Die Mannschaft, die am Ende der Saison die meisten Punkte hat, gewinnt den Hauspokal.

12 In der Geschichte des Quidditch gibt es einige berühmte Spieler. Einer der bekanntesten ist sicherlich Viktor Krum, der Sucher des bulgarischen Nationalteams und Schüler der Durmstrang-Schule.

13 Spannenderweise gibt es auch eine weibliche Quidditch-Liga, die Holyhead Harpies, die eine der erfolgreichsten Mannschaften in der Geschichte des Sports sind.

14 Quidditch hat auch Einfluss auf die Muggelwelt gehabt. In vielen Ländern gibt es mittlerweile echte Quidditch-Teams, die das Spiel auf dem Boden nachspielen.

15 Es gibt eine Regel im Quidditch, die besagt, dass das Spiel erst endet, wenn der Schnatz gefangen wurde. Das längste bekannte Quidditch-Spiel dauerte deshalb ganze drei Monate, bis der Schnatz endlich gefangen wurde.

Berühmte Quidditch-Teams

1 Die Chudley Cannons, eines der bekanntesten Quidditch-Teams in der magischen Welt, haben nicht immer unter diesem Namen gespielt. Früher wurden sie als die „Chudley Cockerels" bezeichnet, ein Hinweis auf den Hahn, der auf ihrem Wappen prangt.

2 Kennt ihr die Tutshill Tornados? Dieses Team hat einen Rekord aufgestellt, der wohl für immer ungeschlagen bleiben wird. Sie haben 5 aufeinanderfolgende Britische und Irische Quidditch-Liga Meisterschaften gewonnen, und das im 20. Jahrhundert, in den Jahren von 1921 bis 1926. Das hat vorher und nachher kein Team mehr geschafft.

3 Die Wimbourne Wespen sind bekannt für ihre aggressive Spielweise. Ihre Fans zeigen ihre Unterstützung, indem sie sich in gelb und schwarz kleiden und sich mit Wespenflügeln ausstaffieren. Der „Wespenstich" ist eine berüchtigte Taktik dieses Teams, bei der der Jäger den Quaffel mit so viel Kraft wirft, dass er den gegnerischen Treiber vom Besen wirft.

4 Ein wenig bekanntes Faktum ist, dass das Quidditch-Team von Puddlemere United das älteste Team von Großbritannien ist. Gegründet im Jahr 1163, zeugt ihr Slogan „Lasst uns den Quaffel fangen, damit andere es nicht tun" von ihrer langen und stolzen Geschichte.

5 Nicht alle Teams haben eine so glorreiche Geschichte wie Puddlemere United. Die Kenmare Kestrels zum Beispiel, sind ein irisches Team, das immer wieder für seine Partyfreudigkeit und weniger für seine Quidditch-Fähigkeiten in den Schlagzeilen steht.

6 Ein umstrittenes Team in der Quidditch-Geschichte sind die Montrose Magpies. Sie haben die meisten Siege in der Geschichte der Britischen und Irischen Quidditch-Liga vorzuweisen, aber sie wurden auch beschuldigt, Schiedsrichter bestochen zu haben.

7 In Übersee haben die Quiberon Quafflepunchers, ein französisches Team, sich einen Namen gemacht durch ihre farbenfrohen Uniformen und extravaganten Siegesfeiern. Sie sind bekannt für ihren einzigartigen Spielstil, bei dem sie oft unvorhersehbare Manöver verwenden, um ihre Gegner zu verwirren.

8 Die Holyhead Harpies sind das einzige rein weibliche Quidditch-Team. Gegründet im 19. Jahrhundert, sind sie dafür bekannt, den Quaffel besonders elegant zu spielen und haben eine große Fangemeinde.

9 Ein weiteres bemerkenswertes Team sind die Falmouth Falcons. Sie sind berühmt für ihr hartes Spiel und ihr Motto „Lasst uns gewinnen, und lasst es wehtun". Ihr bekanntester Spieler ist Karl Broadmoor, der den Rekord für die meisten Fouls in einer Saison hält.

10 Die Moose Jaw Meteoriten aus Kanada sind das erste nicht-europäische Team, das je die Europameisterschaft gewonnen hat. Ihr unorthodoxer Spielstil und ihre freundliche Art haben sie zu Fanlieblingen gemacht.

11 Das Team der Appleby Arrows hat einen ungewöhnlichen Brauch. Nach jedem Sieg schießen sie Pfeile in die Luft, was zu zahlreichen Beschwerden von Muggeln geführt hat, die glauben, es handle sich um UFOs.

12 Ein Fakt über die Vratsa Vultures aus Bulgarien. Sie sind eines der stärksten Teams in Osteuropa und haben die Europameisterschaft bereits mehrmals gewonnen. Ihr bekanntester Spieler ist Viktor Krum, der auch der weltberühmte Sucher Bulgariens ist.

Magische Sportgeräte

1 Eines der bekanntesten magischen Sportgeräte in der Welt von Harry Potter ist sicherlich der Besen. Doch wusstest du schon, dass nicht jeder Besen gleich ist? Der „Nimbus 2000", den Harry im ersten Schuljahr von Professor McGonagall geschenkt bekommt, war zu seiner Zeit der schnellste Besen der Welt und damit eine echte Rarität.

2 Beim Quidditch, der wohl populärsten Sportart in der Zaubererwelt, spielt auch der Quaffel eine entscheidende Rolle. Er ist rot und ungefähr so groß wie ein Fußball. Interessant ist, dass er aus Leder besteht und 12 Zoll, also etwa 30 Zentimeter im Durchmesser misst. Treffer mit dem Quaffel bringen der Mannschaft 10 Punkte ein.

3 Aber nicht nur der Quaffel ist ein wichtiges Spielgerät beim Quidditch. Es gibt auch noch den Goldenen Schnatz. Dieser kleine, goldene Ball mit Flügeln ist äußerst schwer zu fangen und beendet das Spiel, sobald er gefangen wurde. Zudem erhält das Team, das den Schnatz fängt, 150 Punkte.

4 Die Ausrüstung eines Quidditch-Spielers besteht neben dem Besen auch aus spezieller Schutzkleidung. Diese beinhaltet unter anderem Knieschoner, Ellbogenschützer und Handschuhe. Besonders die Torhüter tragen zusätzlich noch eine Brustplatte und einen Helm mit Visier, um sich vor den harten Treffern der Klatscher zu schützen.

5 Man könnte meinen, dass der Quidditch-Ball Klatscher ein bisschen wie ein Strafwerkzeug wirkt. Dieser ist aus Eisen und hat einen Durchmesser von 10 Zoll, also etwa 25 Zentimeter. Seine Aufgabe ist es, die Spieler so weit wie möglich von ihren Besen zu stoßen. Die Treiber versuchen, sie mit speziellen Klatscherklatschen in Richtung der gegnerischen Spieler zu schlagen.

6 Es ist bemerkenswert, dass das Alter eines Besens eine Rolle in seiner Leistung spielt. Ältere Besen neigen dazu, im Flug zu kippen, während neuere Modelle wie der „Feuerblitz“ eine bessere Balance und Geschwindigkeit aufweisen.

7 Es existiert eine magische Version des Billardspiels, die auf Hogwarts gespielt wird. Die Kugeln sind verzaubert, um sich selbständig zu bewegen, was das Spiel noch herausfordernder macht.

8 Eine weniger bekannte Sportart in der Zaubererwelt ist das Gnome-Weitwerfen. Dabei werden Gartenzwerge so weit wie möglich geworfen. Allerdings wird dieser Sport von Tierschützern kritisiert, und es ist fraglich, ob er überhaupt als Sport betrachtet werden sollte.

9 Beim Zaubererschach, einer magischen Variante des herkömmlichen Schachspiels, bewegen sich die Figuren von selbst und zerstören sich gegenseitig, wenn sie geschlagen werden. Dieses Spiel erfordert nicht nur strategisches Denken, sondern auch eine gute Kenntnis der Zauberei.

10 Es gibt auch magische Spielkarten, die im Zaubereruniversum beliebt sind. Die Schokofrosch-Sammelkarten, die in den Schokofrosch-Packungen zu finden sind, zeigen berühmte Hexen und Zauberer und ihre Errungenschaften. Sie sind bei Schülern und Sammlern gleichermaßen beliebt.

11 Der Feuerblitz ist ein weiteres bemerkenswertes Sportgerät. Es ist bekannt, dass er als schnellster Besen der Welt gilt und über spezielle Eigenschaften wie einen unzerbrechlichen Zauber und perfekte Balance verfügt. Harry Potter erhielt seinen Feuerblitz als Weihnachtsgeschenk im dritten Jahr.

12 Der Quidditch-Platz in Hogwarts ist ein beeindruckendes Sportgerät für sich. Mit seinen drei Torringen auf jeder Seite und der enormen Größe bietet er genug Platz für die wildesten und aufregendsten Quidditch-Spiele.

13 Es gibt eine Quidditch-Brille, die speziell dafür entwickelt wurde, den Spielern zu helfen, klar zu sehen, während sie mit hoher Geschwindigkeit fliegen. Diese Brille ist mit einem Zauber belegt, der verhindert, dass Regen, Schnee oder Wind die Sicht des Trägers beeinträchtigen.

Die Quidditch-Weltmeisterschaft

1 Wusstest du schon, dass der älteste Beleg für eine Quidditch-Weltmeisterschaft aus dem Jahr 1473 stammt? Damals trafen die Teams aus Flandern und Transsilvanien aufeinander. Die Spieler aus Transsilvanien nutzten jedoch eine sehr ungewöhnliche Taktik: sie setzten Fledermäuse ein, die sie auf ihre Gegner losließen.

2 Im Jahre 1877 ereignete sich ein mysteriöses Ereignis, das als das „verschollene Spiel“ in die Geschichte einging. Alle, die sich zur Quidditch-Weltmeisterschaft in Kasachstan versammelt hatten, vergaßen plötzlich, warum sie dort waren. Später stellte sich heraus, dass sie unter dem Einfluss des Vergissmich-Zaubers standen.

3 Hättest du es für möglich gehalten, dass das längste Quidditch-Spiel aller Zeiten ganze drei Monate dauerte? Es fand 1995 statt und endete erst, als der Sucher des kanadischen Teams den Schnatz fing.

4 Eines der merkwürdigsten Spiele aller Zeiten fand 1809 statt, als Niko Nenad, der Kapitän des rumänischen Teams, sich in einen Vampir verwandelte und die gegnerischen Spieler angriff.

5 Die Quidditch-Weltmeisterschaft wurde bereits in vielen verschiedenen Ländern ausgetragen, darunter auch in Deutschland im Schwarzwald im Jahr 1473.

6 Die Mannschaft, die die meisten Weltmeisterschaften gewonnen hat, ist das Team aus Irland. Sie haben bisher insgesamt fünf Mal den Titel errungen.

7 Die Besen, die in der Quidditch-Weltmeisterschaft verwendet werden, sind oft auf dem neuesten Stand der Technik und können bis zu 240 km/h schnell fliegen. Der bekannteste Besen ist der Feuerblitz, der von Harry Potter selbst geflogen wurde.

8 Die Quidditch-Weltmeisterschaft zieht Zuschauer aus der ganzen magischen Welt an. Es ist bekannt, dass das Ministerium für Magie oft monatelang plant, um genug Platz für alle Besucher zu schaffen.

9 Während der Quidditch-Weltmeisterschaft erhalten die Spieler spezielle Ernährungspläne und Trainingspläne, um in Topform zu bleiben. Sie trainieren oft mehrere Stunden am Tag.

10 Die Regeln der Quidditch-Weltmeisterschaft sind streng und werden von den Schiedsrichtern streng durchgesetzt. Ein Verstoß kann zu Punktabzügen oder sogar zur Disqualifikation führen.

11 Bei der Quidditch-Weltmeisterschaft wird nicht nur dem Spiel zugeschaut, sondern es gibt auch viele andere Aktivitäten. Es gibt Verkaufsstände für magische Artikel, Essensstände und sogar ein Zelt, in dem die Zuschauer den neuesten Zaubertrank probieren können.

12 Bei der Quidditch-Weltmeisterschaft ist es üblich, dass die Mannschaften in bunten Uniformen auftreten. Jedes Team hat seine eigene Farbkombination, die oft den Nationalfarben des Landes entspricht.

13 Es ist bekannt, dass die Kugeln im Spiel, wie der Quaffel und die Klatscher, von speziell ausgebildeten Zauberern hergestellt werden, die dafür sorgen, dass sie genau den richtigen Flugeigenschaften entsprechen.

14 Es ist interessant zu wissen, dass die Quidditch-Weltmeisterschaft nicht nur ein sportliches Event ist, sondern auch eine Gelegenheit für Zauberer und Hexen aus der ganzen Welt, sich zu treffen, ihre Zaubertränke und Zaubersprüche auszutauschen und die magische Gemeinschaft zu feiern.

6.
Die Weasleys & ihre Erfindungen

Der Ursprung des Weasley-Zauberladen

1 Ein Schlüsselmoment in der Geschichte des Weasley-Zauberladens war der Gewinn der 700 Golddukaten beim Trimagischen Turnier, die Fred und George Weasley als Startkapital nutzten. Nachdem Harry Potter ihnen das Preisgeld schenkte, nutzten die Zwillinge das Geld, um ihre Vision eines eigenen Geschäfts zu verwirklichen.

2 In der geheimen Rückraum der Winkelgasse, einer dunklen und zwielichtigen Gasse, die nur Zauberer und Hexen kennen, fanden die Weasley-Zwillinge den perfekten Ort für ihren Laden. Sie renovierten einen verlassenen Laden und verwandelten ihn in den Weasleys Zauberhafte Zauberscherze.

3 Jeder Artikel im Weasley-Zauberladen wurde von Fred und George selbst entworfen und hergestellt. Von den Naschereien für Naseweise bis zu den Scherz- und Trickartikeln, jeder Artikel trug die persönliche Note der Zwillinge.

4 Die Idee für den Weasley-Zauberladen entstand während ihrer Schulzeit in Hogwarts. Die Zwillinge waren bekannt für ihre Streiche und hatten schon immer eine Leidenschaft für Zauberei und Spaß.

5 Die Zwillinge waren einzigartig in ihrer Fähigkeit, magische Scherzartikel zu kreieren. Sie entwickelten den „Unerhörten Umhang", ein magisches Produkt, das dem Träger unsichtbar machte, und die „Verwirbelnden Wirbelwinde", die einen kleinen Tornado erzeugen konnten.

6 Einer der beliebtesten Artikel im Weasley-Zauberladen waren die „Canary Creams". Wenn man sie aß, verwandelte man sich kurzzeitig in einen Kanarienvogel. Dieser Artikel war ein großer Erfolg bei den Hogwarts-Schülern.

7 Während des zweiten Zaubererkriegs bot der Weasley-Zauberladen auch Verteidigungsartikel an. Fred und George stellten Schildhüte, Schildhandschuhe und Schildumhänge her, um den Zauberern und Hexen zu helfen, sich gegen die Dunklen Künste zu wehren.

8 Einer der ersten Kunden des Weasley-Zauberladens war Draco Malfoy. Obwohl er kein Freund der Weasleys war, konnte er der Anziehungskraft der magischen Scherzartikel nicht widerstehen.

9 Fred und George Weasley leiteten den Laden gemeinsam, bis Fred im Kampf um Hogwarts tragischerweise sein Leben verlor. George führte den Laden alleine weiter und nannte den Laden in „Weasleys Zauberhafte Zauberscherze in Gedenken an Fred" um.

10 Der Laden war nicht nur ein Ort für Scherzartikel, sondern auch ein Treffpunkt für den Orden des Phönix. Während des zweiten Zaubererkriegs diente der Laden als sicherer Ort für Treffen und Planungen.

11 Der Weasley-Zauberladen war auch ein Ort für junge Zauberer und Hexen, um ihre magischen Fähigkeiten zu verbessern. Fred und George boten Workshops und Kurse an, in denen sie ihre Kenntnisse und Fähigkeiten im Erstellen von magischen Scherzartikeln weitergaben.

12 Trotz der Dunkelheit des zweiten Zaubererkriegs war der Weasley-Zauberladen ein Ort des Lachens und der Freude. Fred und George glaubten daran, dass Lachen die beste Medizin ist, und ihr Laden half den Menschen, auch in schwierigen Zeiten Freude zu finden.

13 Nachdem der Zaubererkrieg vorbei war, wurde der Weasley-Zauberladen ein Symbol für Hoffnung und Widerstand. Er stand als Zeichen dafür, dass das Böse besiegt werden kann und dass das Gute immer siegt.

14 Der Weasley-Zauberladen ist nicht nur ein magischer Laden, sondern auch ein wichtiger Teil der Zaubererwelt. Er ist ein Zeugnis der Kreativität, des Mutes und des Humors der Weasley-Zwillinge und eine Erinnerung daran, dass Magie nicht nur zum Kämpfen, sondern auch zum Lachen und Spaßhaben genutzt werden kann.

15 Heute ist der Weasley-Zauberladen ein blühendes Geschäft und eine der beliebtesten Attraktionen in der Winkelgasse. Er wird von Generationen von Zauberern und Hexen geliebt und bleibt ein Ort, der Magie, Spaß und Freude bringt.

Die besten Scherzartikel

1 In der zauberhaften Weasley-Welt der Scherzartikel ist vielleicht der Umkehrzauber-Umhang das bemerkenswerteste Produkt. Dieser geniale Umhang ist so konzipiert, dass er den Träger unsichtbar macht, aber nur von hinten. Fred und George Weasley entwickelten ihn speziell für ihre Kunden, um vor neugierigen Blicken zu fliehen oder geheime Streiche zu spielen.

2 Unbezahlbar ist der Erinnermich, ein kleiner, leuchtender Ball, der einem bei Berührung zeigt, was man vergessen hat. Dieser wurde von den Weasleys genutzt, um sich an wichtige Ereignisse und Aufgaben zu erinnern.

3 Die Weasleys erfanden auch die Nasbeißenden Teekessel. Diese heimtückischen Geräte sehen aus wie gewöhnliche Teekessel, beißen jedoch in die Nasen der Nutzer, wenn sie versuchen, einen Schluck Tee zu nehmen. Ein idealer Scherzartikel für Neugierige!

4 Unter den beliebten Produkten der Weasley-Zwillinge sind die Lachtabletten. Sie bewirken, dass der Konsument ohne Unterlass lacht, bis er die Gegenpille schluckt. Perfekt für langweilige Klassenzimmer oder trübe Tage.

5 Die Liebestrank-Schokolade der Weasleys zählt zu den gefährlichsten, aber wohl auch lustigsten Scherzartikeln. Sie enthält einen starken Liebestrank, der den Esser dazu bringt, sich in die erste Person zu verlieben, die er nach dem Genuss sieht.

6 In der Weasley'schen Wundertüte befinden sich unterschiedlichste Scherzartikel, die von unsichtbaren Federhaltern, die nur in totaler Dunkelheit sichtbar sind, bis hin zu brüllenden Briefmarken reichen, die laut schreien, wenn man versucht, sie abzulösen.

7 Die Weasleys hatten auch eine Reihe von Knallbonbons im Angebot. Diese explodieren beim Öffnen und lassen eine Vielzahl von Überraschungen wie falsche Spinnen, klebrige Karamellen und sogar Miniatur-Feuerwerke los.

8 Die Weasleys sind die Erfinder der Verwirbelwind-Windmühlen, ein unschuldig aussehendes Spielzeug, das beim Drehen einen starken Wind erzeugt, stark genug, um kleine Gegenstände durch den Raum zu wirbeln.

9 Ein weiterer genialer Scherzartikel sind die Kreischkommode Karamellen, die den Konsumenten in hohem Ton kreischen lassen, sobald sie gekaut werden.

10 Die Weasleys entwickelten das Irrwicht-Imitat, ein kleines, kastenförmiges Produkt, das einen Irrwicht simuliert, um den Käufer zu erschrecken.

11 Es gibt die Dunklen Detektoren, die die Weasley-Zwillinge verkauften. Sie warnen den Besitzer, wenn sich dunkle Magie nähert oder in der Nähe ist.

12 Die Weasleys schufen den Taschendieb-Zauberstab, ein Scherzartikel, der Gegenstände aus den Taschen anderer Menschen stehlen kann, ohne dass sie es merken.

13 Die Weasleys führten die Zauberstab-Ohrringe ein. Diese kleinen Scherzartikel sehen aus wie normale Ohrringe, können aber kleine Zauber wirken, um die Trägerin zu unterhalten oder zu ärgern.

14 Die Weasleys erfanden die Witzwurf-Weiden, eine Art Feuerwerk, das beim Zünden in eine Vielzahl von bunten Formen explodiert.

15 Die Weasleys entwickelten die Schrumpfkapseln, die, wenn sie konsumiert werden, den Trinker temporär schrumpfen lassen, was zu allerlei lustigen Situationen führt.

Die Weasley-Familientraditionen

1 In der Weasley-Familie hat jedes Mitglied Vornamen, die von Königen und Königinnen in der Geschichte Englands inspiriert sind. Die Eltern, Arthur und Molly, benannten ihre Kinder Bill (offiziell William), Charlie (Charles), Percy (Perceval), Fred (Frederick), George, Ron (Ronald) und Ginny (Ginevra, eine Variation von Guinevere) nach einigen der berühmtesten Persönlichkeiten der britischen Monarchie.

2 Hauselfen spielen in der Welt von Harry Potter eine zentrale Rolle und sind bei einigen Zaubererfamilien üblich. Jedoch hat die Weasley-Familie keinen Hauselfen. Das liegt nicht nur daran, dass sie es sich finanziell nicht leisten können, sondern auch an ihrer tiefen Überzeugung, dass alle magischen Wesen gleichberechtigt sind.

3 Bei den Weasleys hat es Tradition, den Ghul im Dachboden ihres Hauses, dem Fuchsbau, zu behalten. Der Ghul ist ein harmloses Wesen, das eher lästig als gefährlich ist. Aber die Weasleys haben sich an sein ständiges Poltern gewöhnt und betrachten es als Teil der Familie.

4 Die Weasleys haben eine besondere Tradition zu Weihnachten: Jeder bekommt einen selbstgestrickten Pullover von Mutter Molly. Diese Pullover sind oft in kräftigen Farben gehalten und haben den ersten Buchstaben des Vornamens des jeweiligen Kindes auf der Vorderseite.

5 Eines der ältesten und am meisten geschätzten Familienrituale der Weasleys ist es, gemeinsam das Quidditch-Finale im Radio zu hören. Sie sind leidenschaftliche Fans dieses Sports, und ihr Lieblingsteam sind die Chudley Cannons.

6 Die Weasley-Familie hält an der Tradition fest, ihr eigenes Gemüse im Garten anzubauen und es für die Zubereitung ihrer Mahlzeiten zu verwenden. Sie sind dafür bekannt, eine Vielzahl von magischen und nicht magischen Pflanzen anzubauen, darunter auch einige, die für Zaubertränke verwendet werden.

7 Etwas, das die Weasleys von vielen anderen Zaubererfamilien unterscheidet, ist die Art und Weise, wie sie mit Muggeltechnik umgehen. Arthur Weasley ist fasziniert von Muggelgeräten und sammelt sie leidenschaftlich, was sich auch auf seine Kinder ausgewirkt hat.

8 Es ist üblich, dass die Weasley-Kinder in der Winkelgasse ihre Schulbücher und -materialien gebraucht kaufen. Obwohl dies hauptsächlich auf ihre finanzielle Situation zurückzuführen ist, hat es sich für sie zu einer liebgewonnenen Tradition entwickelt.

9 Die Weasleys sind dafür bekannt, dass sie jeden in ihr Haus aufnehmen, der Hilfe oder Schutz benötigt. Dies ist eine Tradition, die sie über Generationen hinweg fortgeführt haben und die ihre Großzügigkeit und ihr Mitgefühl widerspiegelt.

10 Der Fuchsbau, das Zuhause der Weasleys, ist voller Familienfotos. Es ist bei den Weasleys Tradition, dass jedes Familienmitglied ein Foto von sich aufnimmt, sobald es erwachsen wird. Diese Fotos werden dann an den Wänden des Wohnzimmers aufgehängt.

11 Die Weasleys haben eine besondere Vorliebe für Feuerwerke. Fred und George haben sogar ihr eigenes magisches Feuerwerk entwickelt, das sie bei besonderen Anlässen zünden.

12 Die Weasleys sind dafür bekannt, dass sie immer zusammenzuhalten, egal was passiert. Sie sind bekannt für ihre enge Bindung und ihren unerschütterlichen Zusammenhalt, besonders in schwierigen Zeiten.

Geheimnisse des Weasley-Anwesens

1 Es lässt sich kaum glauben, aber das verträumte Weasley-Anwesen, auch bekannt als „Der Fuchsbau", ist tatsächlich mit einem Pergamentzauber belegt. Dieser Zauber verhindert, dass Muggel das Haus je sehen können, obwohl es direkt vor ihrer Nase steht.

2 Das gesamte Gebäude scheint zu schweben und gegen die Schwerkraft aufzubegehren, ein faszinierender Anblick! Die Architektur des Hauses ist einzigartig. Es besteht aus mehreren Stockwerken, die alle schief aufeinandergestapelt sind, und es sieht aus, als ob es jeden Moment einstürzen könnte. Doch keine Sorge, ein ausgeklügelter Stabilisierungszauber hält das Haus zusammen!

3 Wusstet ihr, dass jeder der sieben Weasley-Kinder sein eigenes Zimmer hat? Obwohl das Haus von außen klein aussieht, ist es innen durch den Erweiterungszauber viel größer.

4 Verborgen und gut bewacht, findet sich in einem der vielen Zimmer des Fuchsbau eine Sammlung von Zauberschachfiguren, die Mr. Weasley selbst geschnitzt hat. Jede Figur hat ihren eigenen Charakter und ihre eigenen Bewegungen, ein wahres Kunstwerk!

5 Was viele nicht wissen: In der Küche des Fuchsbau befindet sich eine geheime Tür, hinter der sich ein Vorratsraum für Zaubertränke und Zutaten befindet. Hier hat Molly Weasley schon so manches Mal einen Heiltrank für ihre Lieben gebraut.

6 Fast schon berühmt ist das magische Uhrwerk der Weasleys. Anstatt die Zeit anzuzeigen, zeigt es an, wo sich jedes Familienmitglied gerade befindet. Eine nützliche Information in einer so großen Familie!

7 Nicht zu übersehen ist der kunterbunte Garten des Fuchsbau. Dort wachsen magische Pflanzen wie Flubberwurzeln und Gillyweed heran und es gibt sogar einen Quidditch-Übungsplatz.

8 Hast du dich jemals gefragt, warum es im Fuchsbau so gemütlich ist? Ein Hauch von Geborgenheitszauber liegt über dem gesamten Anwesen und sorgt dafür, dass sich jeder, der das Haus betritt, sofort wie zu Hause fühlt.

9 Ein kurioses Detail: Die Weasleys besitzen eine selbstreinigende Spüle! Ein kleiner Zauber, der Molly Weasley viel Arbeit erspart.

10 Ein gut gehütetes Geheimnis ist der alte Ghul im Dachboden des Fuchsbau. Die Weasleys haben ihn „Rupert“ genannt und er gehört quasi zur Familie.

11 In einem der oberen Stockwerke befindet sich ein geheimer Raum, in dem Arthur Weasley seine Sammlung von verbotenen Muggelartefakten aufbewahrt.

12 Überraschend ist auch, dass das Weasley-Anwesen über einen geheimen Flohnetz-Anschluss verfügt. Dieser wurde während des zweiten Zaubererkrieges als sicherer Ort für Mitglieder des Phönix-Ordens eingeführt.

13 Unbemerkt bleibt oft die Tatsache, dass der Fuchsbau ursprünglich ein Hühnerstall war! Arthur und Molly Weasley haben ihn mit harter Arbeit und ein wenig Magie in das heutige, charmante Haus verwandelt.

14 Selbst in der Dunkelheit strahlt der Fuchsbau eine warme, einladende Aura aus. Dank eines Leuchtzaubers wirkt das Haus immer hell und freundlich, egal wie spät es ist.

15 Bei genauer Betrachtung der Weasley-Familienfotos, die das ganze Haus schmücken, kann man feststellen, dass sie alle bewegt sind. Sie zeigen glückliche Momente und erinnern daran, was im Leben wirklich zählt: Familie und Liebe.

7.
Die magische Welt außerhalb von Großbritannien

Die Schule von Beauxbatons

1 Hoch oben in den französischen Pyrenäen liegt die Beauxbatons Akademie für Zauberei, eine der angesehensten magischen Schulen in ganz Europa. Die Schule ist bekannt für ihre strenge Disziplin, ihren hohen akademischen Anspruch und ihren Fokus auf elegante Zauberei.

2 Beauxbatons hat eine königliche Geschichte. Es wird angenommen, dass die Akademie vor etwa 700 Jahren von einer schönen und talentierten Hexe namens Antoinette de la Vallière gegründet wurde, die eng mit dem französischen Königshof verbunden war.

3 Im Gegensatz zu Hogwarts, das vier Häuser hat, gibt es keine offiziellen Häuser in Beauxbatons. Stattdessen werden die Schüler in Gruppen eingeteilt, die normalerweise nach dem Alter und der Fähigkeiten der Schüler variieren.

4 Beauxbatons ist bekannt dafür, dass sie als einzige Schule den Abraxaner, eine besonders starke Rasse von geflügelten Pferden, züchtet. Diese mächtigen Kreaturen ziehen die himmelblaue Kutsche, die die Beauxbatons-Delegation zum Trimagischen Turnier bringt.

5 Das Hauptgebäude von Beauxbatons wird oft als Palast beschrieben. Es hat wunderschöne Türme und Zinnen, die in der Sonne glänzen. Im Inneren gibt es Marmorböden, vergoldete Statuen und Fenster, die mit Diamanten und Rubinen verziert sind.

6 Die Uniformen der Beauxbatons-Studenten unterscheiden sich stark von denen von Hogwarts. Sie tragen lange, hellblaue Roben und dazu passende Hüte. Die Roben sind mit goldenen Sternen bestickt, die das Emblem der Schule darstellen.

7 Im Herzen der Akademie befindet sich ein magischer Springbrunnen, der angeblich heilende Kräfte hat. Es ist ein Geschenk von Nicolas Flamel, einem berühmten Alchemisten und ehemaligen Schüler von Beauxbatons, und seiner Frau Perenelle.

8 Beauxbatons bietet eine breite Palette von Fächern an. Neben den Standardfächern wie Zauberkunst, Verwandlung und Verteidigung gegen die dunklen Künste können die Schüler auch die Kunst der Parfümherstellung, Wassermagie und Astronomie studieren.

9 Beauxbatons hat im Laufe der Jahre viele erfolgreiche Absolventen hervorgebracht. Dazu gehören die berühmte Schauspielerin Celestina Warbeck, der bekannte Zaubertrankmeister und Alchemist Nicolas Flamel und die ehemalige Schulleiterin Olympe Maxime.

10 Die Schüler von Beauxbatons haben einen gesunden Appetit. Die Mahlzeiten in der Schule sind bekannt für ihre Exquisitheit und Vielfalt, die die französische Küche widerspiegeln. Es gibt immer frisches Baguette, Käse, Pasteten und eine große Auswahl an Desserts.

11 Die Beauxbatons Akademie hat eine lange Rivalität mit Durmstrang, eine andere angesehene magische Schule in Europa. Die beiden Schulen konkurrieren oft bei magischen Duellen, Turnieren und Wettkämpfen.

12 Die Schule legt großen Wert auf Höflichkeit und gutes Benehmen. Es wird erwartet, dass die Schüler zu jeder Zeit respektvoll und zuvorkommend sind.

13 Beauxbatons hat eine starke Tradition in Tanz und Musik. Die Schule bietet Kurse in klassischem Ballett und Operngesang an, und es wird erwartet, dass alle Schüler ein Musikinstrument lernen.

14 Die Schule hat eine beeindruckende Bibliothek, die eine Sammlung von über zehntausend Büchern enthält. Die Bücher decken eine breite Palette von Themen ab, von der Geschichte der Zauberei bis zur fortgeschrittenen Zaubertrankkunst.

15 Beauxbatons hat ein strenges Auswahlverfahren. Nur die begabtesten und engagiertesten jungen Zauberer und Hexen werden in die Akademie aufgenommen.

Das Durmstrang-Institut

1 Hoch in den nordischen Bergen verborgen liegt das Durmstrang-Institut, eine der geheimsten Schulen für Zauberei in der Welt. Nur wenige Schüler außerhalb dieser Schule kennen den genauen Standort, denn es wird durch mächtige Zaubersprüche und Verwirrungszauber verborgen gehalten.

2 Das Durmstrang-Institut hat eine lange und stolze Tradition, die bis ins frühe Mittelalter zurückreicht. Gegründet wurde es von Nerida Vulchanova, einer mächtigen bulgarischen Hexe, die als eine der größten Zauberinnen ihrer Zeit galt.

3 Anders als in Hogwarts, wo die vier Häuser den Schülern ein Zuhause bieten, gibt es im Durmstrang-Institut keine solche Einteilung. Stattdessen bilden die Schüler je nach Talent und Interessen eigene Gruppen.

4 Bekannt ist das Durmstrang-Institut für seine strenge Disziplin und seinen starken Fokus auf Zaubertränke und die Dunklen Künste. Manche sagen sogar, dass es die Schüler ermutigt, die Grenzen der Magie auszuloten, was in anderen Schulen als riskant und gefährlich angesehen wird.

5 Im Gegensatz zu Hogwarts, wo Quidditch eine wichtige Rolle spielt, bevorzugen die Schüler von Durmstrang eher magische Duellkämpfe. Sie sind bekannt für ihre beeindruckenden Zauberstabtechniken und ihre schnellen Reflexe.

6 Das Symbol des Durmstrang-Instituts ist eine zweiköpfige Adlereule, die auch als Wahrzeichen auf der Schuluniform zu sehen ist. Sie steht für die Weisheit und die doppelte Sicht auf die Welt der Zauberer und der Muggel.

7 Eine besondere Rolle spielt der Schulstab, ein mächtiges Artefakt, das nur vom Schulleiter gehandhabt werden darf. Es heißt, er besitzt unglaubliche Kräfte und kann mächtige Schutzzauber freisetzen.

8 Trotz seiner strengen Regeln und seiner Konzentration auf dunkle Magie hat das Durmstrang-Institut auch viele berühmte und erfolgreiche Absolventen hervorgebracht. Dazu gehören etwa der international anerkannte Drachentöter Viktor Krum und der gefürchtete dunkle Zauberer Gellert Grindelwald.

9 Im Gegensatz zu Hogwarts, das sich auf das Gleis 9 ¾ verlässt, um die Schüler zu transportieren, nutzt das Durmstrang-Institut einen riesigen, magisch betriebenen Schiffsrumpf, der durch Seen und Meere fährt, um seine Schüler zu erreichen.

10 Durmstrang ist bekannt für seine stolze und starke Gemeinschaft. Es ist kein Zufall, dass das Motto der Schule „Durmstrang über alles“ lautet. Dieser Geist der Einheit und Stärke ist in der ganzen Schule spürbar.

11 Mit seinen hohen Türmen, den massiven Steinmauern und den von Magie durchdrungenen Korridoren ist das Durmstrang-Institut ein beeindruckender Anblick. Man sagt, dass es sogar eine unterirdische Kammer gibt, in der geheime und gefährliche magische Kreaturen gehalten werden.

12 Ein weiterer interessanter Aspekt des Durmstrang-Instituts ist, dass es nur männliche Schüler aufnimmt. Dies ist ein scharfer Kontrast zu Hogwarts und Beauxbatons, die beide Geschlechter zulassen.

13 Das Durmstrang-Institut ist dafür bekannt, sein eigenes magisches Bier zu brauen. Dieses besondere Getränk wird nur bei besonderen Anlässen serviert und ist für seinen starken, aber angenehm süßen Geschmack bekannt.

14 Es gibt viele Legenden über das Durmstrang-Institut, aber eine der bekanntesten ist die Geschichte der „verlorenen Schüler“. Es heißt, dass es einen geheimen Gang in der Schule gibt, der zu einem unsichtbaren Turm führt. Jeder Schüler, der diesen Turm betritt, verschwindet spurlos und taucht nie wieder auf.

15 Das Durmstrang-Institut ist eine einzigartige und faszinierende Schule für Zauberei. Mit seiner langen Geschichte, seinen strengen Regeln und seiner Konzentration auf dunkle Magie ist es ein Ort, der gleichzeitig fasziniert und erschreckt.

Magische Gemeinschaften weltweit

1 Die Magische Gemeinschaft der Vereinigten Staaten von Amerika, besser bekannt als MACUSA (Magischer Kongress der Vereinigten Staaten von Amerika), unterscheidet sich stark von der Zauberwelt Großbritanniens. Dort ist es beispielsweise strengstens verboten, dass Zauberer und Nicht-Zauberer (No-Majs) freundschaftliche oder gar romantische Beziehungen zueinander haben. Das Gesetz wurde aufgrund der Hexenverfolgungen im 17. und 18. Jahrhundert strenger gehandhabt, um die magische Gemeinschaft zu schützen.

2 Den meisten Potter-Fans ist bekannt, dass die Schule für Hexerei und Zauberei in Frankreich Beauxbatons heißt, aber wusstet ihr auch, dass diese Schule eine spektakuläre Tradition hat? Bei jedem Triwizard Turnier reisen die Schüler in einer himmelblauen Kutsche, die von fliegenden Pferden gezogen wird. Diese Pferde sind keine gewöhnlichen Tiere, sondern Abraxane, eine hochintelligente und stolze Spezies, die nur mit Single Malt Whisky gefüttert wird.

3 In der Magischen Gemeinschaft von Japan gibt es eine spezielle Art von Geistern, genannt ‚Yūrei'. Diese Geister sind traditionell weiß gekleidet und haben kein Leben unterhalb ihres Knies. Sie sind bekannt dafür, dass sie sich an Menschen rächen, die ihnen Unrecht getan haben. In der Zaubererwelt wird es als sehr unklug angesehen, einen Yūrei zu erzürnen.

4 In der russischen Zaubererwelt gibt es eine einzigartige Schule namens Koldovstoretz. Die Schüler dieser Schule spielen eine magische Version des Spiels Quidditch, bei dem sie auf ganzen Bäumen statt auf Besen reiten.

5 Wusstet ihr, dass die größte Zaubererbank der Welt nicht Gringotts in London ist, sondern die Zauberei-Zentralbank in China? Diese Bank ist für ihren Reichtum und ihre strenge Sicherheit bekannt. Sie wird von chinesischen Feuerbällen, einer mächtigen Drachenart, bewacht.

6 In der australischen Zaubererwelt ist es üblich, magische Kreaturen als Haustiere zu halten. Sie haben sogar eine spezielle Zauberschule, die ‚School of Witchcraft and Beastology' genannt wird, in der junge Zauberer lernen, wie man mit magischen Kreaturen umgeht und sie pflegt.

7 Die Zauberer- und Hexengemeinschaft in Indien hat ihre eigene Quidditch-Liga, die ‚Indian National Quidditch Team'. Obwohl Quidditch ursprünglich aus Europa stammt, haben die indischen Teams ihre eigene Spielweise entwickelt, die starke Akrobatik und Teamarbeit beinhaltet.

8 In der magischen Welt Brasiliens gibt es einen berühmten Zaubertrankmeister namens Libatius Borage. Er ist Autor des Buches „Fortschrittliche Zaubertränkeherstellung", einem Standardwerk für alle Zaubertranklehrlinge.

9 In der ägyptischen Zaubererwelt sind Grabräuber ein ernstes Problem. Um sich davor zu schützen, haben die Zauberer mächtige Schutzzauber entwickelt, einschließlich des gefürchteten Fluchs der Mumie, der jeden bestraft, der ein Grab unerlaubt öffnet.

10 In der Zaubererwelt von Südafrika gibt es einen berühmten Zauberschachspieler namens McNully. Er ist bekannt für seine aggressive Spielweise und sein taktisches Geschick.

11 In der israelischen Zauberwelt gibt es ein berühmtes magisches Artefakt, den ‚Stern von David'. Es heißt, dass dieser Stern mächtige Schutzzauber beinhaltet, die dem Träger Glück und Sicherheit bringen.

12 Die kanadische Zaubererwelt ist bekannt für ihre exquisite magische Küche. Besonders berühmt ist der ‚Maple Pecan Pie', ein magischer Kuchen, der mit einem Zauber gebacken wird, der ihn unvergleichlich lecker macht.

13 Die Zauberer in Neuseeland sind berühmt für ihre Fähigkeiten im Umgang mit magischen Kreaturen. Sie haben sogar eine spezielle Farm, auf der sie magische Kreaturen züchten und pflegen.

14 In der magischen Gemeinschaft der Schweiz gibt es eine spezielle Organisation, die sich um die Sicherheit von magischen Artefakten kümmert. Sie ist bekannt als die ‚Schweizer Garde der Magischen Artefakte'.

15 Die spanische Zaubererwelt hat eine einzigartige Tradition. Jedes Jahr feiern sie das ‚Fiesta de la Magia', ein Fest, bei dem sie ihre magischen Fähigkeiten feiern und ihre Liebe zur Zauberei teilen.

Internationale magische Zusammenarbeit

1 Wusstet Ihr schon, dass es ein Ministerium für Magie nicht nur in Großbritannien, sondern auch in anderen Ländern gibt? In den Vereinigten Staaten von Amerika heißt es zum Beispiel das „Magische Kongress der Vereinigten Staaten von Amerika" (MACUSA), in Frankreich ist es das „Ministère des Affaires Magiques de la France" und in Deutschland das „Bundesamt für Magie".

2 Innerhalb der magischen Gemeinschaft ist der Austausch von Informationen und Wissen von großer Bedeutung. Daher veranstalten sie regelmäßig internationale Konferenzen. Eine der bekanntesten ist die „Internationale Zauberer-Konferenz".

3 Die „Verschwörung von 1692" ist ein Ereignis, das im Zaubergeschichtsunterricht oft erwähnt wird. Damals verpflichteten sich alle magischen Gemeinschaften weltweit dazu, ihre Welt vor den Muggeln zu verbergen. Diese Zusammenarbeit führte zur Einführung des „Internationalen Geheimhaltungsabkommens".

4 In der magischen Gemeinschaft gibt es auch verschiedene Sportarten, darunter das beliebte Quidditch. Jedes Jahr findet der „Quidditch-Weltcup" statt, bei dem Länder aus aller Welt gegeneinander antreten. Die Teams reisen in andere Länder, um ihr Können unter Beweis zu stellen.

5 Interessanterweise gibt es auch internationale Regeln für den Umgang mit magischen Kreaturen. Der „Internationale Bund gegen den Missbrauch von Zauberwesen" setzt sich dafür ein, dass alle magischen Wesen fair und respektvoll behandelt werden.

6 Die „Internationale Zauberstabregulierungsstelle“ ist eine wichtige Institution in der magischen Welt. Sie legt fest, welche Materialien für die Herstellung von Zauberstäben verwendet werden dürfen und welche nicht.

7 Ein weiterer unbekannter Fakt ist, dass es auch internationale Schulen für Zauberei gibt. Neben Hogwarts gibt es zum Beispiel noch die französische Schule „Beauxbatons“ und die russische Schule „Durmstrang“.

8 Im Gegensatz zu Hogwarts, wo Schüler den Zaubertrank Felix Felicis nur in ihrer sechsten Schulklasse brauen dürfen, erlauben einige Schulen außerhalb Großbritanniens ihren Schülern, den Trank bereits in früheren Klassenstufen herzustellen.

9 Habt Ihr schon einmal von der „Internationalen Hexen- und Zauberervereinigung“ gehört? Es handelt sich dabei um eine Organisation, die sich für die Rechte von Hexen und Zauberern einsetzt und diese auch auf internationaler Ebene vertritt.

10 Die „Zentrale Aurorenstation“ arbeitet eng mit den Auroren in anderen Ländern zusammen, um die magische Gemeinschaft vor dunklen Zauberern zu schützen.

11 In der magischen Welt gibt es auch einen internationalen Schwarzmarkt für Zauberartefakte. Dort werden beispielsweise verbotene Gegenstände wie die Schwarzen Kristallkugeln oder der Fluchbrecher gehandelt.

12 Wusstet Ihr, dass einige Zaubersprüche und Zaubertränke je nach Land unterschiedlich sind? Was in Großbritannien beispielsweise als „Fidelius-Zauber“ bekannt ist, wird in anderen Ländern unter einem anderen Namen praktiziert.

13 Überraschenderweise haben einige Länder eigene Zaubererwährungen. Während in Großbritannien Galeonen, Sickel und Knut verwendet werden, verwenden andere Länder wie Frankreich und die USA ihre eigenen magischen Münzen.

14 Die „Internationale Magische Handelsnormenkommission" ist für die Regulierung des internationalen Handels mit magischen Gütern verantwortlich. Sie stellt sicher, dass alle magischen Güter, die weltweit gehandelt werden, sicher und nicht gefährlich sind.

15 Der „Internationale magische Gerichtshof" ist der höchste Gerichtshof in der magischen Welt. Er befasst sich mit Verbrechen, die über Ländergrenzen hinweg begangen werden, und sorgt dafür, dass Gerechtigkeit für alle Hexen und Zauberer sichergestellt wird.

8.
Das Ministerium für Zauberei

Die verschiedenen Abteilungen

1 Im Herzen von London verbirgt sich das Ministerium für Zauberei, die Zentrale der magischen Regierung in Großbritannien. Es ist nur durch einen öffentlichen Toilettenzugang oder den Flohnetzwerk zu erreichen. Aber Vorsicht! Bevor ihr euch auf den Weg macht, denkt daran, dass nur angestellte Zauberer und Hexen das Ministerium betreten dürfen.

2 Atemberaubend ist die Eingangshalle des Ministeriums. Sie ist mit dunklem Holz verkleidet und mit grünen Flammen in Kupferlampen beleuchtet. In der Mitte der Halle steht ein magischer Springbrunnen, der Darstellungen von Hexen, Zauberern und magischen Kreaturen zeigt.

3 Die mächtige Abteilung für magische Strafverfolgung ist die größte Abteilung des Ministeriums. Sie kümmert sich um die Durchsetzung magischer Gesetze und sorgt dafür, dass Zauberer und Hexen ihre Magie verantwortungsvoll einsetzen. Unter dieser Abteilung findet man das Zaubergamot, das höchste magische Gericht, das über schwerwiegende Verbrechen wie den Gebrauch der Unverzeihlichen Flüche urteilt.

4 Einer der erstaunlichsten Orte im Ministerium ist die Abteilung für magische Unfälle und Katastrophen. Diese Abteilung hat die schwierige Aufgabe, die magischen Unfälle zu vertuschen und zu beheben, die von unvorsichtigen Zauberern und Hexen verursacht werden. Hier arbeitet auch das Amt für Missgeschicke und Katastrophen in der Zauberei, das sich um die Reinigung von Gedächtnissen der Muggel kümmert, die Zeuge von Magie geworden sind.

5 Die Abteilung für magische Spiele und Sportarten ist für alle Quidditch-Fans ein Traum. Sie organisiert Zauberer-Sportereignisse, einschließlich der Quidditch-Weltmeisterschaft und des Trimagischen Turniers.

6 Die Mysteriumsabteilung ist die geheimnisvollste Abteilung im Ministerium. Sie erforscht die dunkelsten und unbekanntesten Aspekte der Magie. In dieser Abteilung findet man das sagenumwobene Raum der Prophezeiungen, in dem alle Prophezeiungen der Magischen Welt aufbewahrt werden.

7 Die Abteilung für internationale Magische Zusammenarbeit setzt sich für die Zusammenarbeit zwischen den magischen Regierungen auf der ganzen Welt ein. Sie sorgt dafür, dass Hexen und Zauberer aus verschiedenen Ländern friedlich zusammenleben und voneinander lernen können.

8 In der Abteilung für magische Geschöpfe werden die Rechte von magischen Tieren, Wesen und Geistern geschützt. Hier arbeiten Zauberer und Hexen, die sich um das Wohlergehen von Hauselfen, Zentauren, Werwölfen und vielen anderen Kreaturen kümmern.

9 Die Abteilung für magisches Transportwesen ist zuständig für die Überwachung und Regulierung aller magischen Transportmittel, wie den Fahrenden Ritter, den Hogwarts-Express und das Flohnetzwerk. Sie sorgt dafür, dass alle diese Transportmittel sicher und effizient betrieben werden.

10 Zu guter Letzt gibt es noch die Abteilung für Zauberer-Ausübung, wo die Prüfungen für Zauberei stattfinden. Dort muss jeder Zauberer und jede Hexe ihre Fähigkeiten unter Beweis stellen, um ihren Zauberstab führen zu dürfen.

11 Es ist wenig bekannt, dass das Ministerium für Zauberei auch eine Abteilung für Haus- und Grundstückszauberei hat. Sie kümmert sich um alle magischen Probleme, die sich auf Häuser und Grundstücke von Zauberern und Hexen beziehen.

12 Die Abteilung für magische Kunst und Handwerk kümmert sich um die Förderung und Erhaltung der magischen Kunst. Sie organisiert Ausstellungen und fördert Künstler, die ihre Magie nutzen, um atemberaubende Kunstwerke zu schaffen.

13 Überraschenderweise gibt es im Ministerium für Zauberei auch eine Abteilung für Muggelangelegenheiten. Sie hat die Aufgabe, die Muggelwelt zu überwachen und sicherzustellen, dass sie nichts von der Existenz der magischen Gemeinschaft erfährt.

14 Die Abteilung für magische Ausbildung ist zuständig für die Überwachung und Regulierung aller magischen Schulen in Großbritannien, einschließlich Hogwarts. Sie stellt sicher, dass alle Schüler eine hochwertige magische Ausbildung erhalten.

15 Es gibt eine Abteilung für magische Katastrophenvorsorge. Sie hat die Aufgabe, die magische Gemeinschaft auf mögliche Katastrophen vorzubereiten und Pläne für den Notfall zu erstellen.

Berühmte Minister für Zauberei

1 Ein bemerkenswerter Minister für Zauberei ist Cornelius Oswald Fudge, der von 1990 bis 1996 im Amt war. Er war während des Aufstiegs von Lord Voldemort an der Macht, aber er weigerte sich hartnäckig, die Rückkehr des dunklen Zauberers zu akzeptieren. Dies führte schließlich zu seiner Entlassung und zur Ernennung von Rufus Scrimgeour als seinem Nachfolger.

2 Der erste bekannte Minister für Zauberei war Ulick Gamp. Er diente von 1707 bis 1718 und hatte die schwierige Aufgabe, das Zaubereiministerium nach der Gründung zu leiten. Er war auch der erste Oberhaupt des Wizengamots, des höchsten Gerichts der magischen Welt.

3 Millicent Bagnold, die von 1980 bis 1990 diente, ist besonders für ihr berühmtes Zitat bekannt: „Wir haben die Gesetze der Magie gebrochen. Wir sind bereit, das Ministerium zu stürzen und sogar Askaban zu stürmen. Das ist es, was es bedeutet, ein Fan von Harry Potter zu sein."

4 Eine interessante Tatsache ist, dass das Amt des Ministers für Zauberei nicht immer existierte. Vor seiner Gründung im Jahr 1707 wurden die magischen Angelegenheiten von einer mittelalterlichen Regierung, dem Magischen Rat, geleitet.

5 Der Minister für Zauberei, der die längste Amtszeit hatte, war Faris Spavin. Er diente beeindruckende 38 Jahre von 1865 bis 1903 und war während seiner Amtszeit für seinen Sturkopf und seine Abneigung gegen Veränderungen bekannt.

6 Wusstet ihr, dass der Minister für Zauberei nicht immer ein Zauberer war? Artemisia Lufkin, die von 1798 bis 1811 diente, war die erste Hexe, die dieses Amt innehatte. Sie setzte sich stark für die Rechte der Frauen in der Zaubererwelt ein.

7 Kurz nachdem Lord Voldemort endgültig besiegt war, wurde Kingsley Shacklebolt zum Minister für Zauberei ernannt. Er führte viele Reformen durch, um die Ungerechtigkeiten und Vorurteile in der magischen Gemeinschaft zu beseitigen.

8 Einer der kontroversesten Minister für Zauberei war zweifelsohne Herbert Chorley. Obwohl er Muggel war, wurde er 1996 kurzzeitig zum Minister ernannt, nachdem Rufus Scrimgeour entführt und getötet worden war. Dies führte zu großer Verwirrung und Unordnung im Zaubereiministerium.

9 Nobby Leach war der erste Muggelgeborene, der das Amt des Ministers für Zauberei innehatte. Er diente von 1962 bis 1968, musste jedoch aufgrund einer mysteriösen Krankheit zurücktreten.

10 Obwohl es nicht viele Ministerinnen für Zauberei gab, haben sie oft bedeutende Beiträge zur magischen Gemeinschaft geleistet. Euphemia Jenkins, die von 1841 bis 1849 diente, war bekannt für ihre Bemühungen, die Beziehungen zwischen Zauberern und Muggeln zu verbessern.

11 Wusstet ihr, dass der Minister für Zauberei nicht nur in Großbritannien, sondern auch in anderen Ländern existiert? Zum Beispiel wird der Zaubererminister in den USA als „Magischer Kongress der Vereinigten Staaten von Amerika“ bezeichnet.

12 Ein wenig bekannter Fakt ist, dass das Amt des Ministers für Zauberei oft mit Gefahr verbunden ist. Mehrere Minister, darunter Rufus Scrimgeour und Ottaline Gambol, wurden während ihrer Amtszeit getötet oder entführt.

13 Leonard Spencer-Moon, der von 1939 bis 1948 diente, war Minister während des Zweiten Weltkriegs. Er arbeitete eng mit Winston Churchill, dem damaligen Premierminister Großbritanniens, zusammen, um die magische Welt vor den Auswirkungen des Krieges zu schützen.

14 Albert Boot, der von 1747 bis 1752 diente, war bekannt für seine Schüchternheit und seinen Mangel an Führungsqualitäten. Er trat zurück, nachdem er einen Skandal verursacht hatte, indem er behauptete, dass Dementoren fiktive Kreaturen seien.

15 Der gegenwärtige Ministerin für Zauberei ist Hermine Granger. Sie hat eine lange Geschichte des Kampfes für Gleichberechtigung und Fairness und ist eine der klügsten Hexen ihrer Zeit. Sie hat viele Reformen durchgeführt, um die magische Welt zu einem besseren Ort zu machen.

Das Geheimnis des Zaubereigerichtshofs

1 Der Zaubereigerichtshof, bekannt aus „Harry Potter und der Feuerkelch“, verbirgt viele Geheimnisse, die selbst eingefleischte Potter-Fans noch überraschen können. Wusstest du beispielsweise, dass er in den Kerkern des Zaubereiministeriums angesiedelt ist, um maximale Sicherheit und Diskretion zu gewährleisten?

2 Interessant ist auch, dass der Zaubereigerichtshof sowohl als Ort für Verhandlungen als auch für die Urteilsvollstreckung fungiert. So wurde beispielsweise der Todesser Bartemius Crouch Jr. direkt nach seinem Schuldspruch durch den Zauberspruch „Avada Kedavra“ getötet.

3 Erstaunlich mag sein, dass der Gerichtssaal des Zaubereigerichtshofs größer zu sein scheint als man es von außen vermuten würde. Dies liegt, wie in vielen anderen Gebäuden der Zaubererwelt auch, an einer erweiterten Dimension, die durch Magie geschaffen wurde.

4 Während in Muggel-Gerichtsverhandlungen Zeugen und Sachverständige gehört werden, setzt der Zaubereigerichtshof auf die Aussagekraft von Erinnerungen. Diese werden mittels des Denkariums, das Gedanken und Erinnerungen speichert, sichtbar gemacht.

5 Der berühmte Zauberer und ehemalige Hogwarts-Schulleiter Albus Dumbledore hat eine einzigartige Rolle im Zaubereigerichtshof gespielt. Er fungierte nicht nur als Verteidiger von Harry Potter, sondern war auch als Ankläger in Prozessen gegen Todesser tätig.

6 Ein weiteres bemerkenswertes Detail ist, dass der Zaubereigerichtshof nicht nur über Menschen, sondern auch über magische Kreaturen richtet. So wurde beispielsweise die Hauselfe Winky wegen des Verdachts, sie habe das Dunkle Mal heraufbeschworen, vor Gericht gestellt.

7 Der Zaubereigerichtshof ist dafür bekannt, dass er unter dem Einfluss von Cornelius Fudge unfaire Verfahren durchgeführt hat. Dies zeigt sich besonders im Fall von Sirius Black, der ohne faire Verhandlung ins Zauberergefängnis Askaban geschickt wurde.

8 Ebenso erstaunlich ist die Tatsache, dass der Zaubereigerichtshof keine Anwälte kennt. Stattdessen verteidigen die Angeklagten sich selbst oder erhalten Unterstützung von Vertrauenspersonen.

9 Magische Artefakte spielen eine große Rolle im Zaubereigerichtshof. So wird das Dunkle Mal, ein Zeichen der Todesser, als Beweismittel verwendet, und auch der Denkarium kommt regelmäßig zum Einsatz.

10 Nicht zuletzt ist bemerkenswert, dass der Zaubereigerichtshof über ein breites Spektrum von Magie-Delikten richtet. Diese reichen von der illegalen Zauberei minderjähriger Hexen und Zauberer bis hin zu schweren Verbrechen wie Mord und Verrat.

Die Auroren und ihre Aufgaben

1 Wusstest du schon, dass Auroren als die Elite der magischen Strafverfolgung gelten? Sie haben die schwierige Aufgabe, dunkle Zauberer und Zauberinnen aufzuspüren, zu verfolgen und festzunehmen. Sie sind unerlässlich für die Aufrechterhaltung des Friedens und der Sicherheit in der Zaubererwelt.

2 Ein spannender Fakt über Auroren ist, dass sie eine spezielle Ausbildung durchlaufen müssen, bevor sie ihre Arbeit aufnehmen können. Diese Ausbildung dauert ganze drei Jahre und umfasst sowohl theoretische als auch praktische Aspekte der magischen Strafverfolgung.

3 Es ist ein weitgehend unbekanntes Detail, dass es eine strenge Auswahl gibt, um Aurore zu werden. Nicht jeder kann sich einfach dafür entscheiden, Aurore zu werden. Bewerber müssen mindestens fünf ZAGs in den Fächern Verteidigung gegen die dunklen Künste, Zauberkunst, Verwandlung, Zaubertränke und Geschichte der Zauberei haben.

4 Ein weiterer interessanter Punkt ist, dass Auroren das Recht haben, ohne Vorwarnung zu töten, wenn sie sich in Gefahr befinden. Dies ist ein sehr umstrittenes Recht, das nur wenigen anderen Zauberern und Hexen gewährt wird.

5 Auroren haben auch die Befugnis, Zauberer und Hexen ohne Gerichtsverhandlung festzunehmen. Dieses Recht wird jedoch nur in Ausnahmefällen und unter strenger Aufsicht des Zaubereiministeriums ausgeübt.

6 Etwas, das nur wenige wissen: Auroren tragen oft unauffällige Kleidung, um nicht aufzufallen, wenn sie im Dienst sind. Sie verwenden auch oft Tarnzauber, um ihre Identität geheim zu halten.

7 Falls du dich wunderst, wie ein typischer Arbeitstag eines Auroren aussieht: Er kann aus einer Mischung aus Büroarbeit und Außeneinsätzen bestehen. Auroren verbringen viel Zeit damit, Zauberer und Hexen zu beobachten, die als Gefahr für die Gesellschaft gelten, Beweise zu sammeln und Zeugen zu befragen.

8 Nicht nur das, Auroren sind auch dafür verantwortlich, schädliche Zauber, Flüche und magische Kreaturen zu neutralisieren. Sie sind Experten im Umgang mit dunkler Magie und können sogar mächtige Zauber brechen.

9 Es gibt ein besonderes Detail, das oft übersehen wird: Auroren müssen ständig ihre magischen Fähigkeiten und Kenntnisse auf dem neuesten Stand halten. Sie verbringen viel Zeit damit, neue Zauber zu erlernen und sich über die neuesten Entwicklungen in der dunklen Magie zu informieren.

10 Ein Aurore zu sein, bedeutet nicht, dass man immer allein arbeitet. Oftmals arbeiten Auroren in Teams, um ihre Ziele effektiver zu erreichen. Sie müssen gut darin sein, mit anderen zusammenzuarbeiten und zu kommunizieren.

11 Auroren sind auch dafür verantwortlich, die magische Gemeinschaft zu schützen und zu dienen. Sie sind oft die Ersten, die bei magischen Katastrophen eingreifen und helfen, die Ordnung wiederherzustellen.

12 Es mag dich überraschen zu erfahren, dass Auroren oft mit anderen Abteilungen des Zaubereiministeriums zusammenarbeiten. Sie können beispielsweise mit der Abteilung für magische Unfälle und Katastrophen zusammenarbeiten, um bei einem magischen Unfall zu helfen.

13 Trotz der Gefahren und Herausforderungen, die mit dem Beruf verbunden sind, werden Auroren in der magischen Gemeinschaft hoch angesehen. Viele junge Zauberer und Hexen träumen davon, eines Tages Auroren zu werden.

9.
Die Kunst der Wahrsagerei

Berühmte Seher und ihre Prophezeiungen

1 Eine der bekanntesten Seherinnen in der Zaubererwelt ist Sybill Trelawney. Obwohl sie in den Harry Potter Büchern häufig als schrullige und ungenaue Wahrsagerin dargestellt wird, ist sie tatsächlich für zwei der wichtigsten Prophezeiungen in der Serie verantwortlich - die Prophezeiung über die Geburt des Jungen, der mächtig genug wäre, um Lord Voldemort zu besiegen, und die Prophezeiung über den Dienst, den Peter Pettigrew Voldemort leisten würde.

2 Unbekannt für viele, ist Cassandra Trelawney, die Urgroßmutter von Sybill Trelawney, eine weitere berühmte Seherin. Sie hatte das seltene Talent der echten Prophezeiung und hat viele ihrer Visionen in Rätsel und Gedichte verpackt, die ihre Nachkommen bis heute zu entschlüsseln versuchen.

3 Es überrascht vielleicht einige, dass auch Albus Dumbledore sich mit Prophezeiungen beschäftigt hat. Obwohl er kein Seher im eigentlichen Sinne war, gelang es ihm, viele Prophezeiungen zu interpretieren und ihre Bedeutung zu erkennen, zu seinem Vorteil und zum Schutz der Zaubererwelt.

4 Ein Faktum, das vielen Potter-Fans unbekannt sein dürfte, ist, dass Seher und Prophezeiungen häufig Gegenstand von Kontroversen und Misstrauen waren. Viele Zauberer und Hexen glaubten nicht an die Kraft der Divination und betrachteten Seher oft als Betrüger.

5 Die erste und bekannteste Seherin in der Geschichte der Zaubererwelt war die alte griechische Hexe Cassandra. Sie war bekannt für ihre genauen und oft düsteren Prophezeiungen und gilt als die Mutter der Wahrsagerei.

6 Interessant ist auch, dass die Fähigkeit, Prophezeiungen zu sehen und zu interpretieren, nicht immer kontrolliert werden kann. Einige Seher, wie Sybill Trelawney, haben keine Kontrolle über ihr Talent und können sich oft nicht an ihre Prophezeiungen erinnern.

7 In der Zaubererwelt gibt es einen speziellen Raum, der als „Halle der Prophezeiung“ bekannt ist. Dieser Raum, der sich im Geheimen Ministerium befindet, bewahrt alle registrierten Prophezeiungen auf, die nur von den Personen abgerufen werden können, um die sie gehen.

8 Der berühmte Zaubertrank „Tränen der Seher“ ist ein weiterer faszinierender Aspekt der Prophezeiungs-Praxis. Dieser Zaubertrank, der aus seltenen und kostbaren Zutaten hergestellt wird, soll die Wahrsagefähigkeiten einer Person verstärken.

9 Ein weniger bekannter, aber dennoch bedeutender Seher war Calchas, ein Zentaur, der in der Antike lebte. Er war bekannt für seine genauen Prophezeiungen, die oft in Form von Sternenkonstellationen und anderen himmlischen Zeichen kamen.

10 Ein faszinierender Fakt über Seher und Prophezeiungen ist, dass nicht alle Prophezeiungen in Erfüllung gehen. Viele Prophezeiungen sind vage und mehrdeutig, und ihre Erfüllung hängt oft von den Entscheidungen und Handlungen der betroffenen Personen ab. Dies zeigt, dass die Zukunft, selbst in der magischen Welt von Harry Potter, nicht immer in Stein gemeißelt ist.

Die Geheimnisse der Kristallkugel

1 Wusstest du, dass die kristallenen Kugeln, die in der Zauberwelt zum Sehen der Zukunft verwendet werden, aus reinem Quarz bestehen? Dieser spezielle Quarz, der auch als „Bergkristall" bekannt ist, wird in den Minen des Zaubererreiches abgebaut und speziell für die Herstellung von Kristallkugeln verwendet.

2 In der Geschichte der Zauberei gab es viele berühmte Seher, die Kristallkugeln benutzten. Eine der bekanntesten ist Sibyll Trelawney, eine Lehrerin für Wahrsagen an der Hogwarts-Schule für Hexerei und Zauberei. Sie behauptete, ihre Fähigkeiten von ihrer berühmten Vorfahrin Cassandra Trelawney geerbt zu haben.

3 Werfen wir einen Blick auf die Herstellung der Kristallkugeln: Nachdem der Quarz abgebaut wurde, wird er sorgfältig von erfahrenen Handwerkern geformt und poliert, bis er die perfekte Kugelform erreicht. Dieser Prozess kann mehrere Wochen dauern und erfordert große Geschicklichkeit und Geduld.

4 Kristallkugeln können nicht nur die Zukunft, sondern auch die Vergangenheit und die Gegenwart zeigen. Allerdings sind diese Visionen oft rätselhaft und schwer zu interpretieren. Daher ist die Kunst des Wahrsagens eine der schwierigsten Disziplinen in der Magie.

5 Es ist bekannt, dass nicht jeder die Fähigkeit besitzt, in Kristallkugeln zu sehen. Es wird angenommen, dass dieses Talent angeboren ist, obwohl es auch möglich ist, es durch jahrelanges Studium und Übung zu erlernen.

6 Eine interessante Tatsache ist, dass die Kristallkugel von Professor Trelawney nie gereinigt wird. Sie glaubt, dass das Reinigen die magischen Energien der Kugel stören und ihre Fähigkeit, Visionen zu zeigen, beeinträchtigen könnte.

7 Im Unterricht von Professor Trelawney lernen die Schüler, wie sie ihre Kristallkugeln „lesen" können. Sie lernen, wie sie sich entspannen und ihren Geist öffnen können, um die Botschaften, die die Kristallkugel enthält, zu empfangen.

8 Die Kristallkugel von Hogwarts ist eine der ältesten und mächtigsten der Welt. Sie wurde von Generationen von Sehern genutzt und hat im Laufe der Jahrhunderte viele bedeutende Prophezeiungen hervorgebracht.

9 Außerhalb des Wahrsage-Unterrichts in Hogwarts werden Kristallkugeln auch in anderen magischen Disziplinen wie der Astrologie und der Traumdeutung eingesetzt.

10 Eine weniger bekannte Tatsache ist, dass Kristallkugeln auch zur Kommunikation verwendet werden können. Einige fortgeschrittene Zauberer und Hexen nutzen sie, um Botschaften über große Entfernungen zu senden.

11 Es gibt einen sehr seltenen Zaubertrank namens „Divinatio", der die Fähigkeit einer Hexe oder eines Zauberers, in eine Kristallkugel zu sehen, vorübergehend verstärken kann. Dieser Trank ist jedoch sehr schwierig herzustellen und die Zutaten sind extrem selten.

12 Kristallkugeln sind sehr empfindlich und können leicht beschädigt werden. Wenn eine Kugel zerbricht, wird angenommen, dass dies Unglück bringt.

13 Zum Schluss noch ein kurioser Fakt: In der Zauberei gibt es auch Kristallkugeln für Haustiere. Diese Kugeln sind kleiner und werden benutzt, um die Zukunft von magischen Kreaturen wie Knuddelmuffs, Krätzen und sogar Drachen zu sehen.

Das Lesen von Teeblättern

1 In der magischen Welt von Harry Potter wird das Lesen von Teeblättern als „Tasseologie“ bezeichnet. Es ist eine alte Wahrsagungstechnik, die bereits in der Muggelwelt existierte, aber in der Zaubergemeinschaft eine bedeutendere Rolle spielt.

2 Die magische Disziplin der Tasseologie wird von Professor Sibyll Trelawney unterrichtet. Sie ist bekannt für ihre theatralischen Gesten und ihre Vorliebe für das Übersinnliche. Sie behauptet, dass diese Technik ihr hilft, in die Zukunft zu blicken und prophezeit gerne düstere Ereignisse.

3 Die Schüler des Wahrsageunterrichts in Hogwarts verwenden teils spezielle Teesorten für die Tasseologie. Die „Schwarztee der Schicksale“ ist eine beliebte Wahl, da er dafür bekannt ist, besonders klare Bilder zu hinterlassen.

4 Die Kunst des Teeblätterlesens erfordert viel Vorstellungskraft. Die Schüler müssen die Teeblätter, die nach dem Trinken des Tees in der Tasse zurückbleiben, interpretieren. Die verbliebenen Muster könnten alles darstellen, von Tieren bis hin zu Symbolen, und jedes Bild hat eine eigene Bedeutung.

5 Harry Potter selbst hatte seine erste Begegnung mit Tasseologie in seinem dritten Schuljahr. Professor Trelawney sah in seinen Teeblättern einen grimmigen - ein Zeichen für den Tod. Dies führte zu großer Besorgnis und Aufregung unter den Schülern.

6 Es ist interessant zu wissen, dass das Lesen von Teeblättern nicht nur auf Tee beschränkt ist. In der Welt von Harry Potter können Wahrsager auch Kaffeesatz oder Weinreste verwenden, um Vorhersagen zu treffen. Die Techniken sind ähnlich, obwohl Tasseologie die gebräuchlichste ist.

7 Die Formen, die in den Teeblättern gesehen werden, sind oft sehr vage und schwer zu deuten. Zum Beispiel kann eine Schlange als Symbol für Weisheit oder Verrat gesehen werden, je nachdem, wie der Wahrsager sie interpretiert.

8 Das Lesen von Teeblättern ist nicht nur auf die Zukunftsvorhersage beschränkt. Einige Wahrsager verwenden diese Methode auch, um mehr über die Persönlichkeit oder die Vergangenheit einer Person zu erfahren.

9 Obwohl das Lesen von Teeblättern in der Zaubergemeinschaft weit verbreitet ist, gibt es viele, die es als unsicher und ungenau betrachten. Unter ihnen ist Hermine Granger, die es als „wackelige Wissenschaft" bezeichnet.

10 Nicht jeder kann das Lesen von Teeblättern erlernen. Es erfordert eine besondere Gabe und viel Übung. Sogar Harry, Ron und Hermine hatten Schwierigkeiten, die Muster in ihren Tassen zu interpretieren.

11 Manche glauben, dass das Lesen von Teeblättern sogar dazu verwendet werden kann, versteckte Botschaften oder Geheimnisse zu enthüllen. Es ist bekannt, dass einige Zauberer diese Methode nutzen, um verschlüsselte Nachrichten zu übermitteln.

12 Letztlich spielt das Lesen von Teeblättern in den Harry Potter Büchern eine wichtige Rolle, nicht nur als Unterrichtsfach, sondern auch als eine Methode, um den Lesern Hinweise auf zukünftige Ereignisse zu geben. Die scheinbar zufälligen Formen und Muster in den Teeblättern dienen oft als Vorboten für das, was kommen wird.

13 Es ist bemerkenswert, dass die Wahrsagungstechnik des Lesens von Teeblättern im realen Leben existiert und noch immer von einigen Menschen praktiziert wird. Auch wenn sie nicht so weit verbreitet ist wie in der Welt von Harry Potter, ist sie dennoch ein faszinierender Teil der Kulturgeschichte vieler Länder.

14 In der Schule für Hexerei und Zauberei Hogwarts wird das Lesen von Teeblättern als Wahlfach angeboten, zeigt aber, dass nicht alle magischen Fähigkeiten von jedem gleich gut gemeistert werden können. Es unterstreicht die Vielfalt und Einzigartigkeit der magischen Gemeinschaft.

15 Das Lesen von Teeblättern, wie jede andere Form der Wahrsagung, bietet nur eine Möglichkeit, einen Blick in die Zukunft zu werfen. Wie Albus Dumbledore einmal sagte: „Es ist unsere Wahl, die zeigt, was wir wirklich sind, weit mehr als unsere Fähigkeiten." Es ist immer unsere Entscheidung, wie wir unser Leben gestalten, unabhängig davon, was die Teeblätter vorhersagen.

Die Magie der Traumdeutung

1 Im Reich der Traumdeutung mag es überraschen, dass die Fähigkeit, Träume zu deuten, in der Zaubererwelt genauso geschätzt wird wie in der Muggelwelt. Professor Trelawneys Fach „Wahrsagen" umfasst unter anderem die Kunst der Traumdeutung, welche die Schüler von Hogwarts lernen müssen.

2 Zauberer sehen Träume nicht nur als Ergebnis von unverarbeiteten Gedanken und Ereignissen des Tages, sondern glauben vielmehr daran, dass sie versteckte Botschaften und Vorhersagen über die Zukunft enthalten können. Oft werden sie als Fenster zur Seele oder als Spiegel der tiefsten Ängste und Hoffnungen betrachtet.

3 In der magischen Welt sind Traumdeutungsbücher durchaus gebräuchlich. Eines der bekanntesten Bücher heißt „Das Traumbuch des Orakels". Es ist ein äußerst detailliertes Nachschlagewerk, das sogar seltsame und ungewöhnliche Träume interpretieren kann.

4 Einer der faszinierendsten Aspekte der Traumdeutung in der Zaubererwelt ist die Verwendung des Tranks „Träum-dich-wohin". Dieser Trank ermöglicht es dem Trinker, seine Träume bewusst zu steuern und somit die Möglichkeit zu haben, Antworten auf drängende Fragen zu bekommen.

5 Auch Zauberstäbe spielen beim Träumen eine Rolle. Während Muggel vielleicht von fliegenden Autos träumen, träumen Zauberer oft von fliegenden Besen oder von ihrem Zauberstab, der unerwartet seine Magie verliert. Solche Träume können auf zukünftige Zauberduelle oder auf ein bevorstehendes Quidditch-Spiel hinweisen.

6 Berühmt ist der Traum von Harry Potter, in dem er eine Schlange war. Dieser Traum war kein gewöhnlicher Traum, sondern eine Vision, die durch die Verbindung seiner Gedanken mit denen von Lord Voldemort ermöglicht wurde. Solche Träume können bei der Traumdeutung besonders schwierig zu analysieren sein.

7 Zauberer und Hexen, die in der Lage sind, luzide zu träumen, können ihre Träume oft zur Lösung komplexer magischer Probleme nutzen. So hat Albus Dumbledore angeblich viele seiner brillantesten Zaubertricks im Traum entwickelt.

8 Das mysteriöse „Traumorakel", eine geheimnisvolle magische Kreatur, die angeblich in der Lage ist, die Zukunft vorherzusagen, ist eng mit der Kunst der Traumdeutung verbunden. Es wird gesagt, dass es nur in den Träumen der mächtigsten Zauberer und Hexen erscheint.

9 In der Zaubererwelt gibt es auch Träume, die als Omen für Unglück gesehen werden. Ein solcher Traum ist der eines fallenden Zauberstabs. Dies wird oft als ein Zeichen dafür interpretiert, dass der Träumer einen wichtigen Zauberwettbewerb oder eine Prüfung verlieren wird.

10 Einer der überraschendsten Fakten über die Traumdeutung ist, dass es in der Zaubererwelt nicht als ungewöhnlich angesehen wird, von fantastischen Kreaturen wie Drachen oder Einhörnern zu träumen. In der Tat wird angenommen, dass solche Träume auf besondere magische Fähigkeiten oder auf eine tiefe Verbindung zur magischen Welt hinweisen.

11 Am Ende des Schuljahres müssen die Schüler der Wahrsageklasse oft eine ausführliche Analyse ihrer Träume erstellen, um ihre Fähigkeiten in der Traumdeutung zu demonstrieren. Dies ist eine der schwierigsten Prüfungen in Hogwarts und erfordert sowohl kreatives Denken als auch eine tiefe Kenntnis der Symbolik in Träumen.

12 Eine der ungewöhnlichsten Praktiken in der Zaubererwelt ist die Verwendung von Traumfängern, magischen Objekten, die dazu dienen, Alpträume abzuwehren und angenehme Träume zu fördern. Es wird angenommen, dass sie ursprünglich von nordamerikanischen Zauberern verwendet wurden und später ihren Weg nach Europa gefunden haben.

13 Wusstest du, dass der berühmte Zauberkünstler Merlin ein Meister der Traumdeutung war? Es wird gesagt, dass er viele seiner berühmtesten Prophezeiungen durch Träume erhalten hat, die er dann interpretierte.

14 Schließlich ist es interessant zu bemerken, dass nach magischer Überlieferung die Macht der Traumdeutung nicht nur auf Menschen beschränkt ist. Auch magische Kreaturen wie Hauselfen und Zentauren sind oft in der Lage, ihre eigenen Träume und die von anderen zu interpretieren.

15 Es ist wichtig zu bedenken, dass in der Zaubererwelt die Kunst der Traumdeutung immer mit Respekt und Ernsthaftigkeit behandelt wird. Es ist nicht nur ein interessantes Hobby, sondern eine ernsthafte Disziplin, die nicht nur die Fähigkeit erfordert, die Symbole und Bilder in Träumen zu verstehen, sondern auch eine tiefe Kenntnis der magischen Welt.

10.

Die Heiler & die magische Medizin

Das St.-Mungo-Hospital

1 Inmitten des Londoner Stadtbildes verbirgt sich das St. Mungo-Hospital für Magische Krankheiten und Verletzungen. Für Muggelaugen sieht es wie ein verschmutztes altes Kaufhaus aus, aber für die Zauberergemeinschaft ist es eine wichtige Anlaufstelle für medizinische Notfälle.

2 Den Zugang zum St. Mungo-Hospital ermöglicht eine unscheinbare Schaufensterpuppe, die Medaillen und Tickets verkauft. Durch sie hindurch gelangt man direkt in die Eingangshalle des Hospitals.

3 Jede Etage im St. Mungo-Hospital ist auf eine besondere Art von Magischen Krankheiten und Verletzungen spezialisiert. So kümmert sich beispielsweise die vierte Etage um Zaubertrank- und Pflanzenvergiftungen, während die fünfte Etage ganz den Patienten vorbehalten ist, die von magischen Geschöpfen verletzt wurden.

4 Die Heiler im St. Mungo-Hospital sind äußerst kompetent in ihrer Arbeit und können eine Vielzahl von Krankheiten und Verletzungen behandeln. Von Drachenpocken bis hin zu Zauberstabverstauchungen - sie haben für alles eine Lösung.

5 Der Giftmischertrank ist ein lebensrettender Trank, der im St. Mungo-Hospital häufig verwendet wird. Er wird aus Zaubererdistel, Flittergold und Wermut hergestellt und kann bei diversen Vergiftungen eingesetzt werden.

6 Eine der bekanntesten Patientinnen des St. Mungo-Hospitals ist Alice Longbottom. Sie und ihr Ehemann Frank wurden durch den Cruciatus-Fluch so schwer verletzt, dass sie dauerhaft im Hospital leben müssen.

7 Das St. Mungo-Hospital hat eine eigene Teestube, wo Besucher und Patienten eine kleine Pause einlegen können. Dort gibt es eine Vielzahl von magischen Snacks und Getränken, die alle gesundheitliche Vorteile haben.

8 Im St. Mungo-Hospital gibt es eine Abteilung für die Behandlung von magischen Geschöpfen. Dort werden beispielsweise bei Hippogreifen Flügelverletzungen behandelt oder bei Einhörnern Hufprobleme.

9 Besonders gefährliche Patienten werden im St. Mungo-Hospital in besonderen Räumen untergebracht, die mit schalldichten Zaubern belegt sind. Damit wird verhindert, dass sie andere Patienten oder Besucher mit ihren magischen Fähigkeiten gefährden.

10 Im Krankenhaus gibt es einen speziellen Raum, in dem Patienten das Gedächtnis gelöscht wird. Dies geschieht meistens, wenn ein Muggel durch Zufall von der Existenz der magischen Gemeinschaft erfährt.

11 Die Heiler im St. Mungo-Hospital tragen grüne Umhänge und haben einen Zauberstab. Dies unterscheidet sie von den Muggel-Ärzten, die weiße Kittel tragen und kein magisches Werkzeug haben.

12 Das St. Mungo-Hospital hat eine eigene Apotheke, in der viele magische Heilmittel und Tränke verkauft werden. Dort kann man beispielsweise den Vielsafttrank oder den Heiltrank für Drachenpocken erwerben.

13 Das St. Mungo-Hospital ist nach dem schottischen Heiligen St. Mungo benannt, der als Schutzpatron der Kranken und Verletzten gilt. Es ist ein wichtiger Ort für die magische Gemeinschaft und ein Beweis dafür, dass auch Zauberer und Hexen manchmal medizinische Hilfe benötigen.

Berühmte Heilzauber

1 Die Ursprünge des Episkey-Zaubers, der zur Heilung kleiner Wunden und Brüche dient, lassen sich bis in die Zeit der alten Zauberer zurückverfolgen. Ägyptische Hieroglyphen, die Zauberer beim Anwenden dieses Zaubers darstellen, wurden auf alten Papyrusrollen gefunden, was die lange Geschichte der Zauberheilkunst belegt.

2 Wusstest du, dass der Heilzauber ‚Vulnera Sanentur' ursprünglich von den drei Brüdern Peverell erfunden wurde? Es war ihr Gegenmittel gegen die Wunden, die das Schwert des Gryffindor hinterlassen konnte. Die Peverell-Brüder sind auch die Schöpfer der Heiligtümer des Todes!

3 Der Zauber ‚Ferula', der Bandagen erzeugt, ist ein Lieblingszauber vieler Heiler im St. Mungo Hospital für Magische Krankheiten und Verletzungen. Sie sagen, dass die Bandagen, die durch diesen Zauber erzeugt werden, besonders komfortabel und haltbar sind!

4 Eine interessante Tatsache zum Heilzauber ‚Anapneo' ist, dass er den Atemweg freimacht, wenn jemand an einem Gegenstand erstickt. Dieser Zauber ist besonders nützlich bei den opulenten Festmählern in Hogwarts, wo die Studenten manchmal vor Begeisterung über ihre Lieblingsspeisen verschlucken.

5 Der ‚Brackium Emendo'-Zauber, der zur Reparatur gebrochener Knochen dient, hat eine berüchtigte Geschichte. Als Gilderoy Lockhart versuchte, diesen Zauber auf Harry Potters gebrochenem Arm anzuwenden, entfernte er versehentlich alle Knochen im Arm, anstatt sie zu heilen!

6 In der Zauberwelt ist es weit verbreitet, den ‚Tergeo'-Zauber zur Reinigung von Wunden zu verwenden, bevor man einen Heilzauber anwendet. Dies hilft, Infektionen zu verhindern und stellt sicher, dass der Heilzauber effektiver arbeiten kann.

7 Der ‚Rennervate'-Zauber, der zur Wiederbelebung von Personen dient, wurde während des Zweiten Zaubererkriegs häufig eingesetzt. Es war ein unverzichtbarer Zauber für die Mitglieder des Orden des Phönix und half vielen Zauberern, ihre Kräfte zurückzugewinnen.

8 Die Geschichte des ‚Reparo'-Zaubers, der oft zur Reparatur von gebrochenen Gegenständen eingesetzt wird, ist auch in der Heilung von Bedeutung. Es wird vermutet, dass eine Variante dieses Zaubers zur Heilung von Knochenbrüchen verwendet wurde, bevor der ‚Brackium Emendo'-Zauber erfunden wurde.

9 Der Zauber ‚Amato Animo Animato Animagus' ist ein spezieller Heilzauber für Animagi, die Zauberer und Hexen, die sich in Tiere verwandeln können. Dieser Zauber hilft bei der Heilung spezifischer Verletzungen, die während der Tierverwandlung auftreten können.

10 Interessanterweise wird der ‚Episkey'-Zauber, obwohl er sehr effektiv bei der Heilung von kleinen Wunden ist, in einigen Teilen der Zauberwelt als „unprofessionell" angesehen. Dies liegt daran, dass er ursprünglich von Amateur-Zauberern entwickelt wurde, die keinen Zugang zu fortgeschrittenen Heilzaubern hatten.

11 Der ‚Vulnera Sanentur'-Zauber hat eine einzigartige Wirkung auf Wunden, die von verfluchten Gegenständen verursacht wurden. Er ist einer der wenigen Zauber, die in der Lage sind, diese speziellen Wunden zu heilen, was ihn zu einem wertvollen Werkzeug für jede Hexe oder jeden Zauberer macht.

12 Der ‚Ossio Dispersimus'-Zauber, der zur Behandlung von Knochenbrüchen dient, ist in der magischen Gemeinschaft umstritten. Einige glauben, dass er zu aggressiv ist und die natürliche Heilung des Körpers stören kann. Andere argumentieren jedoch, dass er ein lebensrettendes Werkzeug in Notfällen ist.

13 Wusstest du, dass der ‚Ennervate'-Zauber, der zum Wachwerden nach einer Ohnmacht verwendet wird, von vielen Zauberern als „magischer Wecker" verwendet wird? Einige Zauberer nutzen diesen Zauber, um sicherzustellen, dass sie nie einen wichtigen Termin verpassen!

14 Schließlich sollte nicht vergessen werden, dass ‚Expecto Patronum', obwohl es primär zur Abwehr von Dementoren dient, auch eine heilende Wirkung hat. Er kann die schädlichen Auswirkungen eines Dementorenangriffs rückgängig machen und den Zauberer vor weiteren psychischen Schäden schützen.

15 Der ‚Draconifors'-Zauber, obwohl er hauptsächlich zur Verwandlung von Gegenständen in Drachen verwendet wird, hat in der Vergangenheit eine ungewöhnliche Rolle in der magischen Heilung gespielt. Es wird berichtet, dass einige Heiler diesen Zauber genutzt haben, um die legendären Heilkräfte von Drachen zu nutzen, indem sie kleine Gegenstände in Miniaturdrachen verwandelt und sie dann zur Heilung von Wunden und Krankheiten eingesetzt haben.

Magische Krankheiten und Flüche

1 Auf den Seiten der Zaubererwelt existieren Krankheiten, die in der Muggelwelt unbekannt sind, wie zum Beispiel die Drachenpocken. Einige Symptome dieser magischen Krankheit sind grüne Flecken auf der Haut, die an Drachenschuppen erinnern, und hohe Fieber. In der Geschichte wurde sogar der berühmte Zauberer Elphias Doge, ein Freund von Albus Dumbledore, von dieser Krankheit befallen!

2 Der Fluch ‚Cruciatus', auch als Folterfluch bekannt, ist einer der drei unverzeihlichen Flüche. Er verursacht unerträgliche Schmerzen und kann bei wiederholtem oder langandauerndem Gebrauch zu irreparablen Schäden am Gehirn führen. Ein trauriges Beispiel dafür sind Alice und Frank Longbottom, die ihren Verstand verloren haben, nachdem sie diesem Fluch ausgesetzt waren.

3 Wusstet ihr, dass es eine Krankheit gibt, die nur Werwölfe betrifft? Es ist die sogenannte Lupin-Krankheit, benannt nach dem beliebten Hogwarts-Lehrer Remus Lupin. Diese Krankheit äußert sich durch extreme Müdigkeit und Schwäche nach der Rückverwandlung in einen Menschen.

4 Es gibt einen Zaubertrank namens ‚Trank der Lebenden Toten', der den Trinker in einen todesähnlichen Zustand versetzt. Während der Trinker wie tot erscheint, ist er tatsächlich noch am Leben, nur in einem tiefen Schlaf. Dieser Trank hat eine wichtige Rolle in „Harry Potter und der Halbblutprinz" gespielt.

5 In der magischen Welt gibt es auch magische Parasiten! Zum Beispiel werden die Flubberwürmer oft von Zauberern als Haustiere gehalten, aber wenn sie zu viel gefüttert werden, können sie zur Plage werden. Sie wachsen sehr schnell und können sich durch fast alles fressen.

6 Zauberer und Hexen können auch an gewöhnlichen Muggelkrankheiten erkranken, aber sie haben dafür eine Lösung: den Pepperup-Zaubertrank. Dieser Zaubertrank heilt Erkältungen und Grippe, hat aber die Nebenwirkung, dass der Trinker für einige Stunden Dampf aus den Ohren abgibt!

7 Einige Flüche können sehr spezifische und merkwürdige Auswirkungen haben. Denkt nur an den Schrumpfkopffluch, der, wie der Name schon sagt, den Kopf des Opfers schrumpfen lässt. Nicht gerade tödlich, aber definitiv unangenehm!

8 Der Erinnermich ist ein kleiner magischer Ball, der rot leuchtet, wenn der Besitzer vergisst, etwas zu tun. Während er keine Krankheit oder einen Fluch darstellt, kann er bei Vergesslichkeit sehr nützlich sein. Neville Longbottom benutzt einen in „Harry Potter und der Stein der Weisen".

9 Der Zaubertrank ‚Wolfsbanntrank' ist ein spezielles Gebräu für Werwölfe. Er ermöglicht es ihnen, bei Vollmond ihre menschliche Form beizubehalten, solange sie den Trank rechtzeitig einnehmen. Leider hat der Trank einen sehr unangenehmen Geschmack und ist schwierig herzustellen.

10 Manchmal ist es nicht ein Fluch, sondern ein Objekt, das die Magie birgt. Nehmen wir zum Beispiel den Horkrux. Es ist ein Objekt, das einen Teil der Seele eines dunklen Zauberers enthält. Jeder, der mit einem Horkrux interagiert, kann von dunklen und negativen Gefühlen überwältigt werden.

11 Eines der mysteriösesten Phänomene in der Zaubererwelt ist die Obscurus. Es ist eine dunkle, parasitäre magische Kraft, die sich in Zauberern und Hexen manifestiert, die ihre magischen Fähigkeiten unterdrücken. Eine Obscurus kann zerstörerisch und sehr gefährlich sein, wie in „Phantastische Tierwesen und wo sie zu finden sind" gezeigt wird.

12 Der Fluch ‚Imperius', ein weiterer der drei unverzeihlichen Flüche, ermöglicht es dem Zaubernden, die Kontrolle über eine andere Person zu übernehmen. Dieser Fluch kann verheerende psychische Auswirkungen auf das Opfer haben und wurde während des Zweiten Zaubererkriegs häufig eingesetzt.

13 Die ‚Grindelkrankheit' ist eine seltene und sehr ernste magische Krankheit. Sie äußert sich durch starke Schmerzen und Hautausschläge. Es gibt keinen Zaubertrank zur Heilung, aber Ruhe und gute Pflege können die Symptome lindern.

14 Nicht alle magischen Krankheiten sind schädlich. Die ‚Lachkrankheit' zum Beispiel, ist eine harmlose und eher lustige Krankheit, bei der der Betroffene an anhaltendem, unkontrolliertem Lachen leidet. Sie wird oft durch Zaubertränke oder Zauber ausgelöst.

15 Der Fluch ‚Avada Kedavra' ist der gefährlichste aller Flüche und führt unweigerlich zum Tod des Opfers. Es gibt kein Gegenmittel oder Heilmittel für diesen Fluch, was ihn zu einem der am meisten gefürchteten in der Zaubererwelt macht.

Die Kunst der magischen Chirurgie

1 In der faszinierenden Welt der magischen Chirurgie existieren Verfahren, die es ermöglichen, verlorene Körperteile wieder nachwachsen zu lassen. So konnten, dank eines speziellen, von Madam Pomfrey entwickelten Trankes, Harry Potters Knochen im Arm in nur einer Nacht regenerieren.

2 Verwundungen, die durch Dunkle Magie verursacht werden, sind besonders komplex zu behandeln. Sie erfordern eine spezielle Form der magischen Chirurgie, die nur von erfahrenen Heilern durchgeführt werden kann und beinhalten Zauber und Zaubertränke wie den „Essenz des Dittany", um abzustoßen und zu heilen.

3 Für komplizierte Eingriffe, wie das Entfernen von Gegenständen, die durch Flüche in den Körper gezwungen wurden, verwenden Zauberer und Hexen den „Platztausch-Zauber". Dabei wird der Körper auf magische Weise dazu gebracht, den Fremdkörper auszustoßen und ihn durch einen harmlosen Gegenstand zu ersetzen.

4 Das „Heilzauber-Serum" ist eine weitere spezielle Mischung, die in der magischen Chirurgie verwendet wird. Diese Flüssigkeit kann eine Vielzahl von Verletzungen und Krankheiten heilen und ist eine der wichtigsten Errungenschaften der magischen Medizin.

5 Die „Hauterneuerungscreme" ist ein weiteres unerlässliches Werkzeug für jeden magischen Chirurgen. Sie kann Verbrennungen heilen, Narben entfernen und die Haut nach Operationen wiederherstellen.

6 Zauberer und Hexen nutzen den „Skele-Gro" um Knochenbrüche zu beheben. Dieser Zaubertrank regt das Knochenwachstum an und lässt die verletzten Knochen schnell wieder heranwachsen.

7 Zauberer und Hexen greifen oft auf „Aufmunterungstränke" zurück, um Patienten vor und nach Operationen zu beruhigen. Diese Tränke haben eine ähnliche Wirkung wie Muggel-Beruhigungsmittel, sind aber viel stärker und effektiver.

8 Die „Blutregenerationstinktur" ist ein weiterer wichtiger Zaubertrank in der magischen Chirurgie. Sie hilft bei der Wiederherstellung des Blutvolumens nach Verletzungen und verhindert so den Verlust von zu viel Blut.

9 „Zentaurische Salben" werden oft verwendet, um Wunden zu heilen, die durch magische Geschöpfe verursacht wurden. Sie enthalten spezielle Zutaten, die von Zentauren gesammelt werden und eine starke Heilwirkung haben.

10 Die „Lebenselixiere" sind besonders kostbare Tränke in der magischen Chirurgie. Sie können dazu beitragen, das Leben eines Patienten zu verlängern, indem sie seine Lebensenergie stärken und wiederherstellen.

11 Magische Chirurgen verwenden den „Schrumpfzauber", um große Operationen zu erleichtern. Sie schrumpfen den Körper oder Körperteile des Patienten, um besser an das Operationsgebiet heranzukommen.

12 Der „Schmerzstillende Zauber" wird angewendet, um Schmerzen zu lindern. Er ist wesentlich effektiver als jedes muggelhafte Schmerzmittel und kann bei fast allen Arten von Schmerzen eingesetzt werden.

13 Wunden, die durch magische Geschöpfe verursacht wurden, erfordern oft eine spezielle Behandlung. Hierfür wird der „Tierwandler-Zauber" angewendet, um die Wunden in harmlose Tierformen zu verwandeln und sie so leichter heilen zu können.

14 Eine der unglaublichsten Techniken in der magischen Chirurgie ist der „Transmutationszauber". Mit diesem Zauber können Chirurgen Körperteile oder Organe in andere Formen verwandeln, um sie besser behandeln zu können.

15 Es gibt auch Zauber, die das Altern verlangsamen. Diese „Zeitverzögerungszauber" werden jedoch nur in seltenen Fällen angewendet, da sie mit großen Risiken verbunden sind und nur von den erfahrensten magischen Chirurgen durchgeführt werden können.

11.
Die magische Tierwelt

Die Pflege magischer Kreaturen

1 In der magischen Welt von Harry Potter gibt es eine Vielzahl von fantastischen Kreaturen. Magische Kreaturen wie der Hippogreif, ein stolzes und respekteinflößendes Wesen, das den Kopf eines großen Raubvogels und den Körper eines Pferdes hat, benötigen eine besondere Pflege. Man muss einen Hippogreif immer zuerst grüßen und auf seine Reaktion warten. Beleidigt man seinen Stolz, kann das böse enden!

2 Krätze, Rons Ratte, ist in Wirklichkeit kein gewöhnliches Tier, sondern ein Animagus. Animagi sind Zauberer und Hexen, die sich in Tiere verwandeln können. Sie behalten dabei ihre menschlichen Gedanken und Gefühle, was eine besondere Herausforderung in der Pflege darstellt.

3 Zauberer haben auch Haustiere wie Eulen, die nicht nur als Begleiter, sondern auch als Postboten dienen. Die Eulenpflege ist sehr wichtig, da diese Tiere lange Strecken zurücklegen und dabei viel Energie verbrauchen. Sie müssen regelmäßig gefüttert und gepflegt werden, um ihre Aufgaben erfüllen zu können.

4 Drachen sind eine der gefährlichsten magischen Kreaturen. Sie benötigen eine spezielle Umgebung und Pflege. Zum Beispiel muss ein Ungarischer Hornschwanz in einem großen Gehege gehalten werden, das genug Platz für seinen gewaltigen Körper bietet und seine feurigen Atemzüge aushält.

5 Phönixe sind magische Vögel, die ein sehr langes Leben führen. Sie haben die besondere Fähigkeit, aus ihrer eigenen Asche wiedergeboren zu werden. Ihr Tränen können Wunden heilen, und ihre Federn werden für die Herstellung von Zauberstäben verwendet. Phönixe benötigen Freiheit und Respekt, um sich wohl zu fühlen.

6 Hauselfen sind magische Wesen, die in den Diensten von Zaubererfamilien stehen. Sie haben eine starke Loyalität gegenüber ihren Meistern und nutzen ihre eigenen Formen der Magie. Obwohl viele Zauberer sie schlecht behandeln, ist es wichtig zu wissen, dass sie Gefühle haben und mit Respekt behandelt werden sollten.

7 Die Niffler sind putzige Kreaturen, die eine Vorliebe für alles Glitzernde und Funkelnde haben. Sie können eine Herausforderung in der Pflege sein, da sie ständig auf der Suche nach glänzenden Objekten sind und dabei auch gerne mal etwas Chaos verursachen.

8 Ein Kniesel ist eine magische Katzenart und wird oft als Haustier gehalten. Kniesel sind klüger als normale Katzen und können sogar erkennen, wenn sie von einem Zauberer oder einer Hexe belogen werden.

9 Acromantulas, riesige Spinnen, benötigen ein großes Territorium und viel Futter. Sie sind hochintelligent und haben ihre eigene Sprache, was sie zu interessanten, aber auch sehr gefährlichen Kreaturen macht.

10 Der Basilisk, auch bekannt als König der Schlangen, ist eine extrem gefährliche Kreatur, deren Blick tödlich ist. Er wird durch einen Hahnenschrei getötet und kann nur von Parselmündern kontrolliert werden.

11 Die Thestrale sind besondere magische Kreaturen, die nur von Personen gesehen werden können, die den Tod erlebt haben. Sie sind friedliche Wesen und dienen an der Hogwarts-Schule als Transportmittel.

12 Meerjungfrauen und Wassermenschen leben in den Tiefen des schwarzen Sees von Hogwarts. Sie haben ihre eigene Kultur und Sprache, die so komplex ist, dass sie nur unter Wasser verstanden werden kann.

13 Graup, Hagrids Halbbruder, ist ein Riese und benötigt ein spezielles Lebensumfeld und Pflege. Obwohl Riesen gefährlich sein können, zeigt Graup, dass sie auch sanfte und liebevolle Seiten haben können, wenn sie richtig behandelt werden.

14 Zentauren sind halb Mensch, halb Pferd und leben im Verbotenen Wald. Sie sind sehr klug und können die Sterne deuten. Sie möchten aber nicht als Haustiere oder Diener behandelt werden, sondern als gleichberechtigte Wesen.

15 Werwölfe sind Menschen, die sich bei Vollmond in Wölfe verwandeln. Sie haben es oft schwer in der magischen Gesellschaft, da sie als gefährlich angesehen werden. Es ist wichtig zu wissen, dass sie nur zur Zeit der Verwandlung eine Gefahr darstellen und ansonsten normale Menschen sind.

Die Geheimnisse des Hippogreifs

1 Wer hätte gedacht, dass Hippogreife eine der wenigen magischen Kreaturen sind, die fast vollständig in der Lage sind, sich selbst zu ernähren? Diese stolzen Wesen sind Allesfresser und können sich von kleinen Tieren und Pflanzen ernähren. Trotzdem bevorzugen sie Fleisch, insbesondere das von kleinen Säugetieren und gelegentlich Fische.

2 Wusstet ihr schon, dass das Ei eines Hippogreifs sehr robust ist? Es ist etwa so groß wie ein kleines Fass und seine Schale ist fast so hart wie Stahl. Während der Brutzeit, die in der Regel etwa 24 Wochen dauert, muss das Ei ständig von der Mutter bewacht und gewärmt werden.

3 Apropos Brutzeit: Es ist erstaunlich zu erfahren, dass männliche Hippogreife eine wichtige Rolle in der Aufzucht ihrer Jungen spielen. Sie sind es, die das Nest bauen, in der Regel auf hohen Bäumen oder Klippen, um ihre Jungen vor Fressfeinden zu schützen.

4 Es ist bemerkenswert, dass Hippogreife in der Lage sind, unheimlich schnell zu fliegen. Sie erreichen Geschwindigkeiten von bis zu 100 Kilometern pro Stunde! Sie sind auch in der Lage, große Distanzen zurückzulegen, was sie zu ausgezeichneten Transportmitteln für Zauberer und Hexen macht.

5 Ein wenig bekannter Fakt über Hippogreife ist, dass sie äußerst stolze Kreaturen sind. Wenn man sie beleidigt oder respektlos behandelt, können sie sehr nachtragend sein. Deshalb ist es wichtig, immer eine kleine Verbeugung zu machen, bevor man einen Hippogreif anspricht.

6 Erstaunlicherweise sind Hippogreife extrem langlebige Wesen. Sie können bis zu 150 Jahre alt werden! Das ist viel länger als die meisten anderen magischen Kreaturen.

7 Es mag überraschend sein, aber Hippogreife haben eine sehr ausgeprägte Farbwahrnehmung. Sie können Farben sehen, die für das menschliche Auge unsichtbar sind, was ihnen hilft, ihre Beute aus großer Entfernung zu erkennen.

8 Beachtenswert ist auch, dass die Federn eines Hippogreifs sehr wertvoll sind. Sie können für eine Vielzahl von magischen Zwecken verwendet werden, einschließlich der Herstellung von Zauberstabkernen und Tränken.

9 Es gibt mehrere Arten von Hippogreifen, die sich in Größe, Farbe und Temperament unterscheiden. Die bekanntesten sind die Goldene Hippogreife, die Silberne Hippogreife und die Rote Hippogreife.

10 Faszinierenderweise haben Hippogreife eine besondere Fähigkeit, die sie von anderen magischen Kreaturen unterscheidet: Sie können Magie spüren. Dies macht sie zu unverzichtbaren Verbündeten von Zauberern und Hexen.

11 In der magischen Welt sind Hippogreife sehr angesehene Kreaturen. Dies ist zum Teil auf ihre königliche Haltung und ihr majestätisches Aussehen zurückzuführen, aber auch auf ihre Fähigkeit, Magie zu spüren und extrem schnell zu fliegen.

12 Es ist wichtig zu beachten, dass Hippogreife sehr territorial sind. Sie verteidigen ihren Lebensraum vehement gegen Eindringlinge, ob andere Hippogreife, magische Kreaturen oder Menschen.

13 Obwohl Hippogreife gefährlich aussehen können, sind sie gegenüber denen, die ihnen Respekt erweisen und sie gut behandeln, äußerst loyal und beschützend.

Magische Haustiere und ihre Pflege

1 Im Laufe der Zeit haben magische Haustiere in der Zaubererwelt eine besondere Bedeutung erlangt. So beispielsweise der Phönix, wie wir ihn von Albus Dumbledore kennen. Fawkes, der Phönix, hat die besondere Eigenschaft, nach seinem Tod wieder neu aus seiner Asche aufzuerstehen, ein wahrhaft magischer Prozess, der ihn zu einem unsterblichen Begleiter macht.

2 Eulen sind mehr als nur Boten in der Welt von Harry Potter. Sie sind hochintelligente Geschöpfe und haben eine besondere Verbindung zu ihren Besitzern. Harrys Schneeeule Hedwig beispielsweise konnte immer genau verstehen, was Harry wollte und konnte sogar Pakete vom Zauberladen in der Winkelgasse herbeischaffen.

3 Krätze, das Haustier von Ron, ist eigentlich kein gewöhnlicher Rattus norvegicus, sondern ein Animagus. Peter Pettigrew, ein alter Freund von Harrys Eltern, konnte sich in eine Ratte verwandeln und spionierte so jahrelang im Auftrag des dunklen Lords.

4 Nicht alle magischen Haustiere sind so harmlos wie sie scheinen. Hagrids Monsterbuch der Monster beispielsweise kann mit seinen Zähnen beißen, wenn man es nicht richtig behandelt. Es muss gestreichelt werden, bevor es sich öffnet.

5 Basilisken gehören zu den gefährlichsten Kreaturen der magischen Welt. Ein Blick in ihre Augen kann töten oder versteinern. Daher wird dringend davon abgeraten, einen Basilisken als Haustier zu halten.

6 Drachen sind eine weitere spektakuläre Spezies in der Welt von Harry Potter. Es gibt verschiedene Arten wie den Ungarischen Hornschwanz oder den Norwegischen Stachelbuckel. Obwohl sie faszinierend sind, sollte man sie nicht als Haustiere halten, da sie extrem gefährlich sind und eine Erlaubnis für ihre Haltung fast unmöglich zu bekommen ist.

7 Ein eher unbekanntes, aber nicht weniger bemerkenswertes magisches Tier ist der Niffler. Dieses mollige Geschöpf hat eine Vorliebe für glänzende Dinge und kann daher oft in Schwierigkeiten geraten. Seine Tasche im Bauch ist jedoch erstaunlich geräumig und kann mehrere Gegenstände aufnehmen.

8 Ein weiteres geheimnisvolles Geschöpf ist der Hippogreif. Diese majestätischen Tiere, halb Adler, halb Pferd, sind sehr stolz und benötigen eine korrekte Begrüßung, indem man ihnen in die Augen blickt und auf ihre Reaktion wartet, bevor man sie berührt.

9 Der Hauself Dobby zeigt, dass nicht alle magischen „Haustiere" Tiere im herkömmlichen Sinne sind. Hauselfen sind fähige magische Wesen, die oft als Diener in Zaubererhaushalten leben. Sie können nur durch Geschenke von Kleidung befreit werden.

10 Ein magisches Geschöpf, das oft übersehen wird, ist der Kniesel. Dieses Katzenähnliche Wesen ist sehr intelligent und kann sogar menschliche Sprache verstehen. Es ist bekannt, dass sie eine besondere Abneigung gegen Muggel haben.

11 Der Demiguise ist ein friedlicher magischer Primat, dessen Fell unsichtbar werden kann und zur Herstellung von Tarnumhängen verwendet wird. Seine seltsame Fähigkeit, in die Zukunft zu sehen, macht ihn zu einem faszinierenden, aber schwer zu pflegenden Haustier.

12 Nicht zuletzt ist der Feuerkrabbe zu erwähnen. Dieses reptilienartige Geschöpf hat ein Juwel verkrustetes Panzer und kann Flammen aus seinem Hinterteil schießen. In einigen Ländern wird es als Statussymbol gehalten, aber seine Pflege erfordert ein hohes Maß an Wachsamkeit und Fachwissen.

13 Der Billywig ist ein magisches Insekt aus Australien, dessen Stich dazu führt, dass die Betroffenen in der Luft schweben. Es ist bekannt, dass einige Zauberer und Hexen absichtlich gestochen werden, um das Gefühl des Fliegens zu erleben.

14 Hippogreife sind stolze Kreaturen, die Respekt und eine korrekte Begrüßung erfordern. Wer sie beleidigt, kann leicht verletzt werden, wie Draco Malfoy erfahren musste, als er Buckbeak, den Hippogreif, beleidigte.

15 Die Kröte ist ein klassisches Haustier für junge Hexen und Zauberer. Selbst wenn sie wie Neville Longbottoms Kröte Trevor oft verloren gehen, sind sie treue Begleiter und können sogar magische Lieder singen.

Die Welt der Phönixe

1 Einer der schönsten und mächtigsten magischen Geschöpfe in der Zaubererwelt sind die Phönixe. Sie sind bekannt für ihr feuriges Aussehen und wunderbares Gesangstalent. Ihre Tränen haben heilende Kräfte und sie können schwere Verletzungen heilen, wie Harry Potter es selbst erlebt hat, als er von dem Basilisken gebissen wurde.

2 Wusstet ihr, dass Phönixe sich selbst aus ihrer eigenen Asche wiedergebären können? Wenn sie alt und schwach werden, verbrennen sie und werden dann wieder als junger Phönix geboren. Dieser Prozess wird „Wiedergeburt“ genannt.

3 Einer der bekanntesten Phönixe in der Zaubererwelt ist Fawkes, der treue Begleiter von Albus Dumbledore. Fawkes hat eine bemerkenswerte Loyalität zu Dumbledore gezeigt und hat ihm in vielen Situationen geholfen, auch in den gefährlichsten.

4 Nur wenige wissen, dass Phönixe sehr wählerisch sind, wenn es um ihre Besitzer geht. Sie neigen dazu, nur Personen zu folgen, die sie als würdig ansehen und mit denen sie eine starke Verbindung spüren.

5 Die Fähigkeit, Lasten zu tragen, die weit über ihr eigenes Gewicht hinausgehen, macht Phönixe einzigartig unter den magischen Geschöpfen. Sie können sogar mehrere Menschen gleichzeitig tragen, wie Fawkes, der Harry Potter, Hermine Granger, Ron Weasley und Ginny Weasley aus der Kammer des Schreckens gerettet hat.

6 Phönixfedern sind höchst magische Gegenstände und werden oft als Zauberstabkerne verwendet. Interessanterweise haben sowohl Harry Potters als auch Lord Voldemorts Zauberstäbe Federn von Fawkes als ihren Kern.

7 Es ist erstaunlich zu erfahren, dass das Gesang eines Phönix die Fähigkeit hat, Mut und Hoffnung zu erwecken. Es kann auch Ängste und Sorgen verscheuchen und sogar eine Art Schutzschild gegen dunkle Magie bieten.

8 Phönix-Tränen haben die Macht, sogar das tödliche Gift eines Basilisken zu neutralisieren. Diese Tränen haben Harry Potter das Leben gerettet, als er in der Kammer des Schreckens von einem Basilisken gebissen wurde.

9 Verblüffenderweise können Phönixe teleportieren, ähnlich wie Zauberer apparieren können. Dies ermöglicht es ihnen, sich schnell und mit großer Präzision von einem Ort zum anderen zu bewegen.

10 Phönixe sind nicht nur magisch, sondern auch sehr intelligent. Sie verstehen menschliche Sprache und können sogar komplexe Anweisungen befolgen, was in der magischen Tierwelt recht selten ist.

11 Anders als die meisten magischen Geschöpfe, altern Phönixe nicht auf die gleiche Weise. Sie leben viele hundert Jahre, bevor sie sich selbst verbrennen und dann wieder jung und kräftig aus ihrer eigenen Asche auferstehen.

12 Es ist nicht allgemein bekannt, dass Phönixe ein sehr seltenes magisches Tier sind. Sie sind schwer zu zähmen und es ist bekannt, dass sie nur in sehr seltenen Fällen eine Bindung zu Hexen oder Zauberern eingehen.

13 Ein letztes faszinierendes Detail über die Phönixe ist, dass sie, wenn sie sterben, in einer Flamme aus purer Magie verbrennen, die so hell ist, dass sie den gesamten Raum erleuchtet. Dann hinterlassen sie nur einen Haufen Asche, aus dem sie dann wieder auferstehen.

14 Phönixe haben die Fähigkeit, die Dunkelheit zu erleuchten und sind ein Symbol für Hoffnung und Wiedergeburt in der Zaubererwelt. Wie Dumbledore Harry einmal sagte: „Phönixe platzen in Flammen, wenn es Zeit für sie ist zu sterben, und werden dann aus der Asche wiedergeboren."

15 Die Federn eines Phönix können nicht nur für Zauberstäbe verwendet werden, sie können auch zur Herstellung von magischen Schriftrollen und anderen Zaubergegenständen genutzt werden. Ihre magischen Eigenschaften sind so stark, dass sie oft als eine der mächtigsten Zutaten in der Zauberkunst betrachtet werden.

12.
Die Geheimnisse der Zauberstäbe

Die Kunst des Zauberstabmachens

1 In den faszinierenden Tiefen der Zaubererwelt ist das Zauberstabmachen eine hohe Kunst, die nur wenige Meister beherrschen. Der berühmteste Zauberstabmacher, Garrick Ollivander, verwendet beispielsweise nur drei Arten von magischen Kernen für seine Zauberstäbe: Phönixfeder, Einhornhaar und Drachenherzfaser.

2 Die Machart eines Zauberstabs ist nicht nur eine Frage des Geschmacks. Tatsächlich entsprechen bestimmte Eigenschaften des Zauberstabs den Charakterzügen seines Besitzers. Harte oder steife Zauberstäbe passen zum Beispiel zu entschlossenen und willensstarken Zauberern und Hexen.

3 Zauberstabhersteller auf der ganzen Welt nutzen unterschiedliche Materialien. So bevorzugen beispielsweise amerikanische Zauberstabmacher, wie die Familie der Thunderbirds, oft exotischere Materialien wie Schlangenhaut oder Donnervogelfeder.

4 Magische Fähigkeiten sind für das Herstellen eines Zauberstabs unerlässlich. Sorgfältige Zaubersprüche und komplexe Zaubertränke spielen bei der Herstellung eine entscheidende Rolle, um die magischen Fähigkeiten des Stabs zu gewährleisten.

5 Die Länge des Zauberstabs kann eine Bedeutung haben. Längere Zauberstäbe passen oft zu größeren oder imposanteren Zauberern, während kürzere Stäbe eher bei kleineren oder zierlicheren Zauberern zu finden sind.

6 Jeder Zauberstab ist einzigartig und kann nie exakt repliziert werden, selbst wenn er aus denselben Materialien besteht. Dies liegt an der individuellen Magie jedes Zauberers, die sich mit dem Zauberstab verbindet.

7 Ollivander, der berühmte Zauberstabmacher, hat eine interessante Theorie. Er glaubt, dass der Zauberstab den Zauberer auswählt, nicht umgekehrt. Dies könnte erklären, warum einige Zauberer und Hexen Schwierigkeiten haben, den richtigen Stab zu finden.

8 Die Erzeugung eines Zauberstabs ist ein Prozess, der viel Zeit in Anspruch nimmt. Es kann Wochen oder sogar Monate dauern, bis ein Zauberstab vollständig ausgereift und bereit für seinen Zauberer ist.

9 In der Geschichte der Zaubererwelt gab es auch einige berüchtigte Zauberstäbe. Einer davon ist der Elderstab, einer der Todessplitter, der unbesiegbar machen soll. Aber wie bei vielen magischen Gegenständen ist auch hier Vorsicht geboten, denn der Elderstab bringt oft Unglück.

10 Nicht alle Zauberstäbe sind aus Holz gemacht. Es gibt auch einige seltene Fälle von Zauberstäben, die aus anderen Materialien wie Knochen oder Metall hergestellt wurden. Diese sind jedoch eher die Ausnahme als die Regel.

11 Die Herstellung eines Zauberstabs erfordert ein hohes Maß an Präzision und Fachwissen. Jeder Schnitt, jede Form und jedes Detail können die magischen Fähigkeiten und Eigenschaften des Zauberstabs beeinflussen.

12 Bei der Auswahl eines Zauberstabs spielen auch die magischen Fähigkeiten und Vorlieben des Zauberers eine Rolle. Ein Zauberstab, der besonders gut für Verwandlungszauber geeignet ist, passt zum Beispiel perfekt zu einem Zauberer, der diese Art von Magie bevorzugt.

13 Ein Zauberstab kann auch durch einen besonders mächtigen Zauber beschädigt oder sogar zerstört werden. Solche Zauberstäbe können oft nicht repariert werden und der Zauberer muss einen neuen Stab finden.

14 Die Verbindung zwischen einem Zauberer und seinem Zauberstab ist besonders stark. Wenn ein Zauberer seinen Zauberstab verliert oder er zerstört wird, kann dies sehr traumatisch sein und die magischen Fähigkeiten des Zauberers stark beeinträchtigen.

15 Zauberstabmacher betrachten ihre Arbeit oft als Berufung und nicht nur als Beruf. Sie widmen ihr Leben der Perfektionierung ihrer Fähigkeiten und der Schaffung der bestmöglichen Zauberstäbe für ihre Kunden.

Berühmte Zauberstabhölzer und Kerne

1 Ein Fakt, der vielleicht nicht allen bekannt ist, ist, dass das Holz der Hainbuche bei den Zauberstäben sehr beliebt ist. Wer hätte gedacht, dass so ein gewöhnlicher Baum eine so magische Eigenschaft besitzt? Zauberstäbe aus Hainbuche passen sich schnell den Fähigkeiten ihres Besitzers an und lernen mit ihm zusammen. Berühmter Träger eines Hainbuchen-Zauberstabes war kein anderer als der berüchtigte Lord Voldemort.

2 Es ist kein Geheimnis, dass Phönixfedern als Zauberstabkerne verwendet werden, doch was viele nicht wissen, ist, dass Phönixfedern äußerst wählerisch sind, wenn es um ihren Besitzer geht. Ein Zauberstab mit solch einem Kern ist nicht einfach zu zähmen, aber wenn er sich für einen Zauberer entscheidet, dann ist die Bindung sehr stark. Zauberstäbe mit Phönixfedern können außergewöhnlich mächtige Zauber erzeugen. Harry Potter und Lord Voldemort sind bekannte Träger von Stäben mit Phönixfeder-Kern.

3 Im Herzen von Hermine Grangers Zauberstab befindet sich ein Einhornhaar. Die magischen Kerne aus Einhornhaar sind sehr beständig und produzieren Zauber von gleichbleibender Qualität. Sie sind nicht so mächtig wie Drachenherzfaser oder Phönixfeder, aber sie neigen im Gegensatz zu diesen auch nicht zu dunkler Magie.

4 Unter den Zauberstabhölzern sticht die Esche hervor. Eschenholz-Zauberstäbe sind bekannt für ihre Treue. Sie werden selten vom ursprünglichen Meister abgezogen und wenn doch, ist der neue Besitzer meist ein Verwandter. Interessanterweise hatte Ron Weasley einen Eschenholz-Zauberstab, bevor dieser in seinem zweiten Schuljahr zerbrochen wurde.

5 Drachenherzfaser ist ein weiterer populärer Zauberstabkern. Zauberstäbe mit Drachenherzfaser sind bekannt für ihre Stärke und Kraft. Sie sind ausgezeichnet für Zauberduelle geeignet und können alle Arten von Zaubern ausführen. Viktor Krum, der berühmte Quidditch-Spieler, hatte einen Zauberstab mit Drachenherzfaser-Kern.

6 Es mag seltsam erscheinen, aber der seltene Kern aus Veela-Haar hat tatsächlich magische Fähigkeiten. Veela sind wunderschöne, aber leicht erzürnbare Kreaturen, und ihr Haar verleiht dem Zauberstab eine unberechenbare Natur. Fleur Delacour, eine Beauxbatons-Studentin und Teilnehmerin am Trimagischen Turnier, besaß einen solchen Zauberstab.

7 Die magischen Eigenschaften des Holunders sind in der Zaubererwelt weit bekannt, insbesondere durch die Legende des Elderstabs, des mächtigsten Zauberstabs aller Zeiten. Der Elderstab wurde aus dem Holz eines Holunderbaums gefertigt und hat einen Thestralhaar-Kern.

8 Ebenholz ist ein sehr robustes Zauberstabholz und wird oft für Transfigurationszauber verwendet. Ebenholz-Zauberstäbe passen am besten zu Zauberern, die alleine arbeiten und sich nicht leicht ablenken lassen. Professor McGonagall, die Transfigurationslehrerin von Hogwarts, hatte einen solchen Zauberstab.

9 Zauberstäbe mit Kelpie-Haar sind sehr selten und werden in der Regel nur von sehr erfahrenen Zauberern benutzt. Kelpies sind wasserbewohnende Wesen, die sich in Pferde verwandeln können. Ihre Haare als Zauberstabkerne zu verwenden, erfordert ein hohes Maß an Fertigkeit und Kontrolle.

10 Ahornholz eignet sich hervorragend für Zauberstäbe, da es dazu neigt, seine magischen Eigenschaften schneller zu absorbieren als andere Hölzer. Zauberstäbe aus Ahornholz sind besonders gut für Zauberer geeignet, die gerne reisen und neue Orte entdecken.

11 Obwohl Kneazle-Whisker nicht oft als Zauberstabkerne verwendet werden, sind sie dennoch bemerkenswert flexibel und vielseitig. Kneazle sind magische Kreaturen, die Katzen ähneln, aber übermenschliche Intelligenz besitzen und Zauberern treue Begleiter sind.

12 Manche Zauberstäbe sind aus Birkenholz gefertigt. Birkenholz-Zauberstäbe sind ideal für Zauberer, die sich auf Heilzauber und Reinigungszauber spezialisiert haben. Sie sind bekannt für ihre Reinheit und Klarheit.

13 Beinahe unbeachtet bleibt der Kern aus Snallygaster-Feder. Snallygasters sind magische Kreaturen aus Nordamerika, die einem Drachen ähneln. Ihr Federkern kann sehr mächtige Zauber produzieren, aber er ist auch sehr schwierig zu kontrollieren.

14 Eines der seltensten Zauberstabhölzer ist Lärche. Lärchenholz-Zauberstäbe sind bei Zauberern beliebt, die auf der Suche nach Abenteuern und neuen Erfahrungen sind. Sie sind besonders gut für Zauberer geeignet, die gerne Risiken eingehen und die unvorhersehbare Natur des Lärchenholz-Zauberstabs schätzen.

15 Weidenholz-Zauberstäbe sind besonders gut für Zauberer geeignet, die eine starke Verbindung zu Wasser und Mondphasen haben. Sie sind bekannt für ihre emotionale Intelligenz und Sensibilität. Ron Weasley hatte nach dem Bruch seines Eschenholz-Zauberstabes einen Weidenholz-Zauberstab erhalten.

Die Verbindung zwischen Zauberer und Zauberstab

1 Wusstest du, dass ein Zauberer und sein Zauberstab eine einzigartige Verbindung eingehen? Jeder Zauberstab wählt seinen Zauberer oder seine Hexe selbst aus. Er reagiert auf die inneren Eigenschaften des Zauberers und zeigt seine Bereitschaft, indem er magisch auf den Zauberer reagiert.

2 Ein spannendes Detail zur Verbindung zwischen Zauberer und Zauberstab: Je mehr ein Zauberer seinen Zauberstab benutzt, desto stärker wird die Verbindung. Das liegt daran, dass der Zauberstab die magischen Gewohnheiten und Fähigkeiten seines Besitzers erlernt und sich darauf einstellt.

3 Zauberstäbe sind nicht nur einfache Werkzeuge. Sie haben ihr eigenes ‚Bewusstsein' und können Entscheidungen treffen. Wenn ein Zauberer stirbt oder besiegt wird, kann der Zauberstab den Besitzer wechseln und sich einem neuen Zauberer oder einer neuen Hexe anschließen. Das nennt man die „Treulosigkeit" der Zauberstäbe.

4 Einige Zauberstabkerne, die das magische Herz eines Zauberstabes bilden, sind besonders wählerisch und gehen nur starke Bindungen mit bestimmten Zauberern ein. Zum Beispiel neigen Phönixfeder-Zauberstäbe dazu, sich nur Zauberern mit einem besonders starken Willen und einer großen Kapazität für Liebe und Selbstlosigkeit anzuschließen.

5 Viele wissen nicht, dass die Länge und Flexibilität eines Zauberstabs auch etwas über die Persönlichkeit und den magischen Stil des Zauberers verraten. Lange Zauberstäbe passen oft zu großzügigen und weitsichtigen Zauberern, während kurze Zauberstäbe eher zu entschlossenen und ehrgeizigen Hexen und Zauberern passen.

6 Ein wenig bekanntes Geheimnis ist, dass Zauberstäbe nicht nur aus Holz und einem magischen Kern bestehen. Einige Zauberstäbe enthalten auch Haare von magischen Geschöpfen, Federn von magischen Vögeln oder sogar Teile von Drachen.

7 Zauberstäbe können auch „gestohlen" werden. Wenn ein Zauberstab durch Gewalt von seinem ursprünglichen Besitzer genommen wird, kann er sich entscheiden, dem neuen Besitzer zu dienen. Allerdings wird die Verbindung zum neuen Besitzer nie so stark sein wie die ursprüngliche.

8 Ein Zauberstab kann einer Hexe oder einem Zauberer auch treu bleiben, selbst wenn sie nicht mehr in der Lage sind, Magie zu wirken. Das ist ein Beweis dafür, dass die Bindung zwischen Zauberstab und Zauberer tiefer geht als nur die Fähigkeit, Zauber zu wirken.

9 Die Zaubersprüche, die ein Zauberer mit seinem Zauberstab wirkt, können die Verbindung zwischen beiden stärken. Je mehr Zaubersprüche der Zauberer mit seinem Zauberstab wirkt, desto besser lernt der Zauberstab, auf die Magie seines Besitzers zu reagieren.

10 Der Zauberstab eines Zauberers kann auch dessen Stimmung und Emotionen spüren. Wenn ein Zauberer wütend, traurig oder glücklich ist, kann der Zauberstab diese Emotionen aufnehmen und sie in seine Magie einfließen lassen.

11 Es ist möglich, dass ein Zauberstab von seinem Besitzer enttäuscht ist. Das passiert, wenn der Zauberer Dinge tut, die dem Zauberstab missfallen. In solchen Fällen kann der Zauberstab sogar seine Magie zurückhalten.

12 Ein Zauberstab kann auch „sterben". Das passiert, wenn er zu viel Schaden nimmt oder wenn sein Besitzer stirbt. Ein „toter" Zauberstab kann keine Magie mehr wirken.

13 Überraschenderweise können Zauberstäbe sogar Träume haben. Sie können davon träumen, von einem mächtigeren Zauberer benutzt zu werden oder davon, große Magie zu wirken.

14 Zauberstäbe können auch „eifersüchtig" sein. Wenn ein Zauberer einen anderen Zauberstab benutzt, kann sein eigener Zauberstab eifersüchtig werden und seine Magie zurückhalten.

15 Die Verbindung zwischen einem Zauberer und seinem Zauberstab ist so stark, dass sie sogar den Tod überdauern kann. Ein Zauberstab kann seinem Besitzer auch nach dessen Tod treu bleiben und niemandem sonst dienen.

Die Geschichte des Elderstabes

1 Der Elderstab, auch bekannt als der Todesstab oder der Stab des Schicksals, hat eine Geschichte, die so alt ist wie die Zauberergeschichte selbst. Umgeben von Legenden und Mythen, wird erzählt, dass der Stab von Tod selbst geschaffen wurde, als er einen Zauberer mit dem mächtigsten Zauberstab der Welt belohnte.

2 Es wird angenommen, dass der erste Inhaber des Elderstabes Antioch Peverell war. Dieser tapfere und ehrgeizige Zauberer ging in die Geschichte ein, als er sich von Tod einen unbesiegbaren Zauberstab wünschte. Der Stab wurde später Teil der Peverell-Familie und wurde von Generation zu Generation weitergegeben.

3 Ein einzigartiges Merkmal des Elderstabes ist die Tatsache, dass er aus Holz des Holunders und einem Thestralhaar als Zauberstabkern besteht. Thestrale sind magische Wesen, die nur von denen gesehen werden können, die bereits den Tod erlebt haben - eine Anspielung auf den Ursprung des Stabes.

4 Laut der Legende muss ein Zauberer, um der rechtmäßige Besitzer des Elderstabes zu werden, den vorherigen Besitzer besiegen. Dies kann durch einen Zauberduell, durch Mord oder durch einfaches Entwenden des Stabes geschehen.

5 Einer der bekanntesten Besitzer des Elderstabes war der berühmte dunkle Zauberer Gellert Grindelwald. Er stahl den Stab aus einem Laden für Zauberstäbe in Europa und nutzte seine Macht, um seine dunklen Absichten voranzutreiben.

6 Obwohl der Elderstab als unbesiegbar gilt, gibt es Fälle, in denen seine Besitzer besiegt wurden. So wurde Grindelwald zum Beispiel von Albus Dumbledore im Jahr 1945 besiegt, wodurch Dumbledore zum neuen Besitzer des Elderstabes wurde.

7 Der Elderstab hat das einzigartige Merkmal, dass er seine Loyalität ändern kann, wenn der aktuelle Besitzer besiegt wird. Dies ist einer der Gründe, warum der Stab im Laufe der Jahre mehrere Besitzer hatte.

8 Interessanterweise hat der Elderstab die Fähigkeit, Zauber zu verstärken, die von anderen Stäben ausgeführt werden. Dies wurde deutlich, als Harry Potter den Stab benutzte, um seinen zerbrochenen Zauberstab zu reparieren - eine Aufgabe, die kein anderer Zauberstab zu bewältigen in der Lage war.

9 Obwohl viele Zauberer den Elderstab begehren, warnte Dumbledore Harry vor den Gefahren, die mit dem Besitz des Stabes verbunden sind. Der Elderstab verlangt Loyalität durch Siege und kann dem Besitzer großes Leid und Gefahr bringen.

10 In einer entscheidenden Wendung der Ereignisse im letzten Band der Potter-Reihe stellt sich heraus, dass Harry Potter der rechtmäßige Besitzer des Elderstabes wurde, nachdem er Draco Malfoy entwaffnet hatte, der zuvor Dumbledore entwaffnet hatte.

11 Am Ende entschied Harry, den Elderstab zurück in Dumbledores Grab zu legen, um die Macht des Stabes zu brechen. Dies war ein Akt der Weisheit und der Selbstlosigkeit, der zeigte, dass Harry die wahre Bedeutung der Macht verstand.

12 Der Elderstab, mit seiner langen und komplexen Geschichte, bleibt eines der mächtigsten und faszinierendsten Artefakte in der Welt der Zauberer. Während er einerseits unermessliche Macht bietet, bringt er andererseits auch große Gefahren und Verantwortungen mit sich.

Haftungsausschluss

Liebe Leserinnen und Leser,

Wir möchten darauf hinweisen, dass "Potter's Enthüllungen: Unnützes Wissen für wahre Potter-Fans - Magische Fakten & gut gehütete Geheimnisse aus der Welt des berühmten Zauberers" eine inoffizielle Sammlung von Informationen und Fakten aus der Welt von Harry Potter ist. Dieses Buch wurde von Fans für Fans erstellt und ist nicht mit J.K. Rowling, dem Harry-Potter-Franchise oder deren Rechteinhabern verbunden oder von ihnen autorisiert.

Die in diesem Buch präsentierten Informationen sind sorgfältig recherchiert, jedoch können wir keine Gewähr für ihre Aktualität oder Richtigkeit geben. Die Harry-Potter-Welt ist reich an Details und Nuancen, und es ist möglich, dass einige Informationen im Laufe der Zeit aktualisiert oder überarbeitet wurden.

Dieses Buch wurde mit großer Liebe und Leidenschaft für die Harry-Potter-Saga erstellt und soll dazu dienen, Ihr Wissen über diese magische Welt zu erweitern und Ihnen unterhaltsame Fakten und Geheimnisse zu präsentieren. Es ist jedoch wichtig zu beachten, dass es sich hierbei um eine nicht offizielle Quelle handelt und nicht als offizielle Referenz für die Harry-Potter-Serie angesehen werden sollte.

Wir hoffen, dass Sie viel Freude beim Lesen von "Potter's Enthüllungen" haben und noch tiefer in die Zauberwelt eintauchen können. Bitte genießen Sie dieses Buch in dem Geist, in dem es erstellt wurde – als eine Liebeserklärung an die magische Welt von Harry Potter.

Printed in Poland
by Amazon Fulfillment
Poland Sp. z o.o., Wrocław

27717715R00077